蔡澜 著

我决定活得有趣

北京时代华文书局

图书在版编目（CIP）数据

我决定活得有趣 / (新加坡) 蔡澜著 . -- 北京 : 北京时代华文书局 , 2024.6
ISBN 978-7-5699-5450-0

Ⅰ . ①我… Ⅱ . ①蔡… Ⅲ . ①散文集－新加坡－现代 Ⅳ . ① I339.65

中国国家版本馆 CIP 数据核字 (2024) 第 070675 号

北京市版权局著作权合同登记号　图字：01-2023-4169

Wo Jueding Huo de Youqu

出 版 人：陈　涛
选题策划：陈丽杰
责任编辑：石　雯　陈丽杰
责任校对：初海龙
营销编辑：俞嘉慧　赵莲溪
封面设计：小费设计
内文插图：苏美璐
内文设计：段文辉
责任印制：訾　敬

出版发行：北京时代华文书局 http://www.bjsdsj.com.cn
　　　　　北京市东城区安定门外大街 138 号皇城国际大厦 A 座 8 层
　　　　　邮编：100011　电话：010-64263661　64261528

印　　刷：三河市嘉科万达彩色印刷有限公司
开　　本：880 mm×1230 mm　1/32　　　成品尺寸：140 mm×210 mm
印　　张：8　　　　　　　　　　　　　字　　数：160 千字
版　　次：2024 年 6 月第 1 版　　　　　印　　次：2024 年 6 月第 1 次印刷
定　　价：49.90 元

活着，
大吃大喝
也是对生命的
一种尊重。

有时，
我们吃的不是食物，
是一种习惯，
也是一种乡愁。

在这么短短的几十年里面，
要把人生看成好的，
不要看成坏的，
不要太灰暗。

凡事一求代价，层次必低。

目录

序·蔡澜是一个真正潇洒的人　i

第一章　我决定活得有趣

活得有趣，才能活得精彩　002

我活着，我活过　006

有时不妨问问自己　008

人生的乐趣，从一点点小的罪恶开始　016

适当地放纵，会令人年轻很多　021

请不要压抑人的天性　023

无聊，是年轻人的绝症　025

可爱的宠物，让人开心每一天　027

养猫会让时间过得有趣　031

逛菜市场就像逛字画铺　033

练习，喜欢自己的生活　035

活着，就要做有意义的事　037

我们这辈人最幸福的事　039

折磨，折磨，好过瘾　041

年轻时做过的疯狂的事　043

等到你成熟时，就会起变化 045

专注与热爱，方能在不同行业创造奇迹 047

一世到底有多长 049

努力向前，必有收获 051

过我想过的日子 053

乐观的人，运气好 055

第二章

兴之所至地活，才算精彩

美人在每一阶段都好看 058

这世界哪有什么剩女 062

男人，当有男人味 064

男人和女人 068

拍戏让我洞悉人生 070

做制片人，是怎样的体验 074

当成玩的，什么事都可以做 083

穿起西装，总是庄重，好看 085

穿衣服还是要自己喜欢 088

以一条领带，看男人的品位 090

看这些领袖人物的衣着玄机 094

最好的恤衫，是干净和挺直的 096

穿衣服，要穿得快活逍遥　100

习惯，不容易抛弃　104

第三章

吃喝玩乐，才最有学术性

大吃大喝也是对生命的尊重　108

吃，也是一种学问　110

香烟的优雅和高贵　114

男人抽起雪茄，是天下最好看的　116

每个喜饮者都有一个梦　120

喝酒，也是人生乐事　122

好酒，收获的不仅是愉悦　124

啤酒与优雅无缘　126

真正酒徒，容许一生放纵几次　128

酒中豪杰，才是好人　135

配额　137

普洱茶的真性情　139

真正的"茶虫"是"茶宠"　143

茶在心间，才是人间清欢　145

日子再忙，也要吃茶去　149

茶　151

玩泥沙的日子哪去了　153

有一技之长多好　155

第四章
江湖老友，多是传奇

金庸的稀奇古怪　158

他在每个时代，都玩得尽心尽力　160

至情至性黄霑　168

丁先生的放浪形骸　172

永远的陈小姐　176

真正的老友，是一生的感动　178

我们是同学　180

古龙、三毛和倪匡　182

雷伊与我们的电影　186

从未谋面的亲人　188

活得多姿多彩，才不枉此生　190

苏美璐　194

老人与猫　196

一辈子的人生　200

棠哥与普洱茶　204

师兄襕绍灿　208

记忆中那双美丽的手　212

我的家人　214

跋 · 以"真"为生命真谛，只求心中真喜欢　216

人生真好玩儿　226

我的方向就是把快乐带给大家　229

你不给我别的机会，那我就从中找到别的乐趣　232

序·蔡澜是一个真正潇洒的人

除了我妻子林乐怡之外，蔡澜兄是我一生中结伴同游、行过最长旅途的人。他和我一起去过日本许多次，每一次都去不同的地方，去不同的旅舍食肆；我们结伴同游欧洲，从整个意大利北部直到巴黎，同游澳大利亚、新加坡、马来西亚、泰国之余，再去北美，从温哥华到三藩市（旧金山），再到拉斯维加斯，然后又去日本。最近又一起去了杭州。我们共同经历了漫长的旅途，因为我们互相享受做伴的乐趣，一起去享受旅途中所遭遇的喜乐或不快。

蔡澜是一个真正潇洒的人。率真潇洒而能以轻松活泼的心态对待人生，尤其是对人生中的失落或不愉快遭遇处之泰然，若无其事，不但外表如此，而且是真正的不萦于怀，一笑置之。"置之"不太容易，要加上"一笑"，那是更加不容易了。他不抱怨食物不可口，不抱怨汽车太颠簸，不抱怨女导游太不美貌。他教我怎样喝最低劣辛辣的意大利土酒，怎样在新加坡大排档中吸牛骨髓，我会皱起眉头，他始终开怀大笑，所以他肯定比我潇洒得多。

我小时候读《世说新语》，对于其中所记魏晋名流的潇洒言行不由得暗暗佩服，后来才感到他们矫揉造作。几年前用功细读魏晋正史，方知何曾、王衍、王戎、潘岳等等这大批风流名士、乌衣子弟，其实猥琐龌龊得很，政治生涯和实际生活之卑鄙下流，与他们的漂亮谈吐适成对照。我现在年纪大了，世事经历多了，各种各样的人物也见得多了，是真的潇洒，还是硬扮漂亮，一见即知。我喜欢和蔡澜交友交往，不仅仅是由于他学识渊博、多才多艺，和我友谊深厚，更由于他一贯的潇洒自若。好像令狐冲、段誉、郭靖、乔峰，四个都是好人，然而我更喜欢和令狐冲大哥、段公子做朋友。

蔡澜见识广博，懂得很多，人情通达而善于为人着想，琴棋书画、酒色财气、吃喝玩乐、文学电影，什么都懂。他不弹古琴、不下围棋、不作画、不嫖、不赌，但人生中各种玩意儿都懂其门道，于电影、诗词、书法、金石、饮食之道，更可说是第一流的通达。他女友不少，但皆接之以礼，不逾友道。男友更多，三教九流，不拘一格。他说黄色笑话更是绝顶卓越，听来只觉其十分可笑而毫不猥亵，那也是很高明的艺术了。

过去，和他一起相对喝威士忌、抽香烟谈天，是生活中一大乐趣。自从我心脏病发之后，香烟不能抽了，烈酒也不能饮了，然而每逢宴席，仍喜欢坐在他旁边，一来习惯了；二来可以互相悄声说些席上旁人不中听的话，共引以为乐；三来可以闻到一些他所吸的香烟余气，稍过烟瘾。

蔡澜交友虽广，但不识他的人还是很多，如果读了我这篇短文心生仰慕，想享受一下听他谈话之乐，又未必有机会坐在他身旁饮酒，那么读几本他写的随笔，所得也相差无几。

金庸

第一章

我决定活得有趣

活得有趣，才能活得精彩

《香港剩女飙升，三个女人一个独身》。

报纸上的大标题。

这我一点兴趣也没有，不嫁嘛，又不会死人。

会死人的，是接着报告的香港人口持续老化。六十五岁以上港人，将由二〇〇九年约十三个巴仙[1]，增至二〇三九年的二十八个巴仙。四分之一以上的人口是老人。

死亡人数按比例，会增加到每年八万零七百个。

那么多人离去，不关你事吗？那是迟早的问题，我们总得走。但是怎么一个走法？没有人敢去提起。中国人，对死的禁忌，是根深蒂固的。

避得些什么呢？反正要来，总得准备一下吧，尤其是我们这群被青年人认为是七老八十的，虽然，我们的心境还是比他

1　巴仙：香港人习惯用语，意为百分比，由英语"percent"音译而来。

们年轻。

勇敢面对吧。死，也要死得有尊严；死，也要死得美丽。

轮到你决定吗？有人问。

的确如此，但是，凡事都有计划，现在开始讨论，也是乐事。

首先，对死下一个定义："死不是人生的终结，是生涯的一个完成。"

我们在落幕前要怎么向大家鞠个躬退去呢？最好是照着自己的意思去做，需要一点知识和准备。

最有勇气的死，就是视死如归，说到这个"归"字，当然是回到家里去死才安乐。

但事不如愿，根据一项调查，最后因病死在医院里的人还是占大多数。

为什么要在医院？当然想延长生命呀。但是已经到了尾声，决定自己什么时候走，不是更好吗？家人一定反对，反对个鸟。不爆粗口都不行，我的命不是你的命，你们有什么权力来反对？

友人牟敦芾说过："我一生做的最后悔的一件事，就是反对医生替我爸爸终结生命。"

这句话，家人一定要深刻反省。

尤其是对患了末期癌症的人，受那不堪的痛苦折磨，家人还不许医生打麻醉针，说什么会中毒，反正要死了，还怕什么中不中毒？

如果你问十个人，相信九个人是不愿意在医院死去的，但是，他们还是留在了医院，他们也顾虑到家人的感受，不想给大家增加麻烦，但这绝对不是他们自己想要的。

我劝这种人不必想太多，要在家里终老就在家里终老，反正这个家是你的家，你想怎么样做，也没人可以反对，而且可以省掉他们整天跑到医院来看你。

虽然说医院有种种设施，但那是救命用的，你不想被救，最新最贵的仪器又有什么用？

在家静养，请个护士，所花的钱也不会比住医院的病房贵呀。找个相熟的医生，请他替你开止痛药、医疗麻醉品等，教教家人怎么定时服食和打针，也不是什么难事。

但是，孤单老人又怎么办？有一条件，就是得花钱。反正是带不走的，这个时候不花，等什么时候花？护士还是要请的，这笔钱，要在能赚时存下来，所以说死也得准备，千万不能等。

香港人多数有点储蓄，买些保险留给后人，大家想到老人早走，也可以省下一点，也就让你花吧。

在痛苦时，最好能以吗啡镇静。从前，吗啡被认为是怪兽，说什么服了会精神错乱，愈吃愈无助，最后变成不可控制的凶手。

但这都是因为早期医生的临床实验不够，恐怕有副作用，就认为没有必要时不打针。当今世事已证明，药下得恰当，根本就比吸毒者自己乱服安全得多。

有些人讨厌打针或喝药，也有膏贴的吗啡剂可用，总之不会是愈用愈没劲，不必担心。

我最喜欢的一部电影，叫《老豆坚过美利坚》，名字译得极坏，其实是一部讲怎么面对死亡的片子，得过奥斯卡金像奖最佳外语片的荣誉，讲的是一个老头子得了癌症，离开他多年的儿子来看他，却看到父亲被一群老朋友围着谈笑风生，又拼命吃护士的"豆腐"。

儿子问老子能做些什么，老子说最好替我找些"毒品"来服服，儿子被吓呆了，后来才发现父亲的乐天个性，并了解人生最终的路途，完成了父亲的愿望。

这些被一般人认为最野蛮的思想，是最先进、开明的，片子的原名叫《野蛮入侵》(Les invasions barbares)，其实就是讲这群快乐的人。

最坏的打算，已安排好。万一侥幸能够活到油尽灯枯，那就最为幸福，我母亲就是那样走的。也许，可以像弘一法师一样，回到寺庙，逐渐断食，走前写了"悲欣交集"四个字后，一笑归西。

葬礼可以免了，让人一起悲哀，何必呢？死人脸更别化妆给人看，那些钱，死前花吧。开一个大派对，请大家吃一顿好的，有什么好话当面听听，才是过瘾，派对完毕，就跟着谢幕好了。

骨灰撒在维多利亚海港，每晚看到灿烂的夜景，更是妙不可言，你说是吗？

我活着，我活过

艺人走了，大家惋惜："那么年轻，活多几年才对呀！"

活多几年？活来干什么？等人老珠黄？待观众一个个抛弃？

只有娱乐圈中的人，才明白蜡烛要烧，点两头更明亮的道理。一刹那的光辉，总比一辈子平庸好。

人生浮沉，艺人是不能接受的，他们永远要站在高峰；要跌，只可跌死。

当事业低迷的时候，艺人恐慌，拼命挣扎。这时，好友离去，观众背叛，他们陷入精神错乱。这也是经常见到的事，因为他们不是一般的人，他们是艺人。

就算一帆风顺，艺人也要求所谓的突破，换一个新面孔出现。但大家爱的是旧时的你，喜欢新人的话，不如捧一个更年轻的。

更上一层楼，对艺人来说，极为危险，也只有走偏锋，才有蜕变。突破需要很强的文化背景，可惜一般艺人读书不多，听身边的猪朋狗友的话，一个个像苍蝇跌下。

曾经有人对艺人做过一个结论：天赋，一定要有，但是运气，还是成功最重要的因素。

艺人以为神一直保佑着他们。失败是一种考验？他们的宗教信仰是不允许有人对他们有任何怀疑的。

明明知道是错的，可是没有人能阻止他们。艺人像瀑布，不停冲下，无休无止，一直唱着"我行我素之歌"。

艺人并不需要同情，他们祈求的是你的爱戴。劝他们保护健康，是多余的。

像一个战士，最光荣的莫过于死于沙场。站在舞台上，听大家的喝彩，那区区的绝症，算得了什么？

燎原巨火，燃烧吧，只要能点亮你的心。艺人说："我已活过。"

有时不妨问问自己

关于想做的事

问：你还有什么想做的事？

答：太多了。

问：举一个例子？

答：以前，作文课要写《我的志愿》，我写了想开间妓院，差点给老师开除。

问：你在说笑吧？

答：我总是说说笑之后，就做了。像做"暴暴茶"，开餐厅等。我还说过以我的日语能力，不拍电影的话，大不了举了一面小旗，当导游去。

问：真的要开妓院？

答：唔，地点最好是澳门，租一间大屋，请名厨来烧绝了种的好菜，招聘些懂得琴棋书画的女子作陪，卖艺不卖身。多好！

问：早给有钱佬包去了。

答：两年合同，担保她们赚两百万港币就不会那么快被挖走。中途退出的话，双倍赔偿。有人要包，乐得他们去包，只当盈利。见得有标青（粤语，非常出众之意）的女子，再立张合约，价钱加倍。

问：哈哈，也许行得通。

答：绝对行得通。

问：还有呢？

答：想开间烹调学校。集中外名厨，教导学生。我很明白年轻人不想再读书的痛苦。有兴趣的话，当他们的师傅去。学会包寿司，一个月也有一万到四万不等的收入。父母都想让儿女有一技之长，送来这间学校就行。

问：还有呢？

答：做个网站，供应全世界的旅行资料。当然包括最好吃的餐厅，贵贱由人，不过资料要很详细才行。我看到一些网站，上了一次就没有兴趣再看，那就是最蠢不过的事。在我这里，不止找到地址、电话，连餐牌都齐全，推荐你点什么菜、哪一年份的酒，让上网的人很有自信地走进世界上任何一间著名的餐厅，不会失礼。

问：还有呢？

答：开一个儿童兴趣班。教小孩画画、书法，也可以同时向他们学习失去的童真。

问：还有呢？

答：你怎么老是只问"还有呢"？

问：除了教儿童，你说的都是吃喝玩乐，有什么较有学术性的愿望？

答：吃喝玩乐，才最有学术性。我知道你要问什么，较为枯燥的是不是？也有，我在巴塞罗那住了一年，研究建筑家高迪（Gaudi）的作品，收集了很多他的资料，想拍一部电脑动画，关于圣家族教堂。这个教堂再多花一百年工夫，也未必能够完成，我这一生中看不到，只有靠电脑动画来完成它。根据高迪原来的设计图，这座教堂完成时，塔顶有许多探照灯发出五颜六色的光线，照耀全城，塔尖中藏的铜管，能奏出音色特别多的风琴音乐。这时整个巴塞罗那像一座最大的的士高[1]，来了很多嘉宾，用动画让李小龙、玛丽莲·梦露（Marilyn Monroe）、詹姆斯·迪恩（James Dean）、戴安娜王妃（Diana Frances Spencer）、杨贵妃、李白等人"复活"，和市民一起狂舞，一定很好看。

问：生意呢？有什么生意想做？

答：我在南斯拉夫也住过一年多，认识很多高管干部，都很有钱。买了很多钻石给他们的太太，现在打完仗，钻石不能当饭吃，卖了也不可惜。我在日本工作时有一个很信得过的女秘书，嫁了一个钻石鉴定家，和他合作，我们两人一面在东欧玩，一面

---

1 即"迪斯科"，是英语"Disco"的不同音译。

收购了一些钻石，拿回来卖，也能赚几个钱。

问：这主意真古怪。

答：不一定是古怪才有生意做。有些现有的资料，等你去发掘，像我们可以到专利局去，翻开档案，里面会有一些发明，当年太先进了，做起来失败，就那么扔到一边，现在看来，也许是最合时宜的，买版权回来制造，赚个满钵也说不定。

问：写作呢？还有什么想写的书？

答：当然有啦，我那本《追踪十三妹》只写了上、下二册，故事还没讲完。我做了十年以上十三妹的研究，有很多资料，也把自己经历过的事、遇到的人物写在里面，每一个故事都和十三妹有关联，一直写下去，以六十年代到七十年代的香港为背景，记录这十年的文化，包括音乐、著作、吃的是什么东西、玩的是什么东西。

问：那么多的兴趣，要等到什么时候才去做？是不是要等到退休？

答：我早已退休了，从很年轻开始已经学会退休。我一直觉得时间不够用，只能在某一段时期，做某件事，什么时候开始，什么时候终结，随缘吧。

问：最后要做的呢？

答：等到我所有的欲望都消失了，像看到好吃的东西也不想吃，好看的女人也不想和她们睡觉时，我就去雕刻佛像。我好像说过这件事，我在清迈有一块地，可以建造一间工作室，到时天天刻佛像，刻后涂上五颜六色，佛像的脸，像你、像我，不一定是菩萨。

中文输入法

问：最近做些什么？

答：学东西呀。我二十岁开始，答应过自己，每天得要学一些新事物，看书也算在里面。

问：现在学的是？

答：中文输入法。

问：（带点轻蔑）我们已经老早学会，你怎么到现在才开始？之前一直是手写的吗？

答：唔，我们不是生长在电脑年代的人，手写是必然的事，所以也练得一手好字，比你的漂亮。

问：（有点尴尬）什么输入法？仓颉？

答：所有的输入法都学过一阵子，只有仓颉还没有碰过，它最难，留在最后学吧。

问：其他的呢？罗马字拼音法学过没有？

答：我是一个乡下人，发音不准，当今已没有希望说一口标准的普通话。而且和英文发音不同，像那个"HE"字我们习惯说成英文的"他"，但是当发现"HE"应该读为"河"时，我就放弃了。

问：笔顺法呢？手提电话用的通常是这一种。

答：太原始，太慢了。有些字的笔法根本分辨不出来。像"有"字，先写"一"还是先写"撇"？像"女"字，先写"折"，还是先写"一"呢？最后，我还是学"纵横输入法"。

问：什么叫"纵横输入法"？是谁发明的？

答：是一位叫周忠继的老先生发明的，已有七八十岁了，他学得会，我没有理由学不会。基本上，它是由"四角号码"延伸出来的。字是四方形的，看准了它的四个角，用阿拉伯数字来代表，每个字都很容易认出。

问："四角号码"又是谁发明的呢？

答：王云五先生，商务印书馆原总经理，来头可大了，他编的辞典现在还在运用。他曾花了一年半的时间来归类，制定这个方法，后来打中文电报时也派上了用场。不过最初的构思是高梦旦先生想出来的，王云五也没有忘记他的功劳，写序时先感谢他。

问："四角号码"真的那么好用？

答：一九二五年发明时，让文人"惊为天人"，蔡元培和胡适都写过文章赞扬这个方法。

问：哦，那么好用。但是为什么现在没人用？

答：要念一些口诀才能用到。胡适先生说过，阻力来自两个魔鬼：一个是守旧，一个是懒惰。守旧鬼说："仍旧贯，如之何？何必改作？"懒惰鬼说："这个方法很好，可惜学起来有点麻烦；谁耐烦费几分钟去学它呢？"这个懒惰鬼最可怕；他是守旧鬼的爸爸妈妈，一切守旧鬼都是他的子孙，先学会了，才有批评的资格。

问：那你是怎么学纵横输入法的？

答：出版商印了一张卡片，写着口诀。口诀为：一横二竖三点捺，叉四插五方块六，七角八八九是小，撇与左钩都是零。

问：那么难，怎么记？

答：的确不容易。但是我把卡片放在口袋里，一有空就拿出来背，一天背一行，四天后记得一半，得再花四天完成，多加四天重温。

问：背完口诀后怎么实用？

答：要实用还差一大截呢。它有一本字典，列出几个取码规则，得把规则读熟，才能用上。

问：有什么捷径？

答：一切基本功都没有捷径。我本来睡觉之前一定要看一轮小说，只好牺牲了，利用这段时间来说号码。几个月下来，愈读愈兴奋，因为认得的字愈来愈多，而且一通百通，真过瘾。

问：举个例子来听听。

答：纵横输入法比四角号码先进，依字形，有时也不必四个号码，两个也行。像我的姓氏那个"蔡"字，上面的"草"，用"4"来代表，下面的"小"用"9"来代表，按"4""9"，"蔡"字就跑出来了。

问：就那么简单？

答：原理总是简单的，实用起来，就有例外，一例外，又得死记。

问：那有什么乐趣？

答：乐趣在于熟悉原理，便能推算。当年王云五把原理告诉了胡适之后，两人坐着马车，一看到街上的招牌和路名，即刻你用一个号码我用一个号码来推测，猜对了，两人便哈哈大笑！你也学会的话，我们就可以一齐来玩这个游戏。

问：那么九方输入法呢？

答：也由四角号码演变出来，把字形变成符号来代替数字。

问：但是四角号码是死东西！有什么用？

答：我学的篆刻、大篆小篆、甲骨文金文，都是死东西。死东西是古人做过的学问。可以欣赏，就有用了。

问：我还是认为学来干什么？那么麻烦！

答：你忘记了刚才提到胡适先生说的话吗？先学会了，方有批评的资格。

人生的乐趣，从一点点小的罪恶开始

袅袅，与你携手，望你缭绕上升，消之于无形，吸一口，经全身而喷出，此种享受，非爱烟者不解。

今天通过法案，禁烟区范围扩大，暂时不能在公众地方与你亲热，但小书房是我俩的天地，愿你永远与我做伴。

自从在电视上看不见你，少了许多热闹气氛。好笑的是，爱你的人有增无减。吾等顺民，照样拥护，袅袅，不知道你看过自己的族谱吗？

墨西哥南部坎佩切州出土的陶瓶中，已画着一个吸着长条烟卷的人像。证明早在公元七〇〇年，就已经有了烟。

当哥伦布发现美洲，看到土人在抽烟斗，惊讶得很。烟叶文化，早已存在，美国印第安人用来商谈，不再打仗了，大家坐下来抽口烟吧。一开始，你的个性就那么和平的。

所谓的文明人认识了你之后，即刻把你搬回老家种植，西班牙始于一五一八年、法国一五五六年、葡萄牙一五五八年。英国人最后，到一五六五年才学会培养。

跟着移民到美洲的人，把欧洲的新科技带来，在弗吉尼亚州、肯塔基州、田纳西州等地方大量种植烟草，弄到供过于求。

起初你的"臣子"都是用烟斗来抽烟，后来学会用一片质料最好、最薄的烟叶来包裹，变成了雪茄，但只是高官贵人才抽得起的。

对不起得很，香烟的发明，却要靠一群乞丐。当年在西班牙的塞维利亚，穷人把雪茄头拾起来，用碎纸包来抽，流传到意大利、葡萄牙和俄国去。

英国人始终喜欢抽弗吉尼亚烟草，美国人相反地掺入土耳其烟。从此，世界上的香烟也分成这两大类，前者的代表性品牌有"555""茄力克""罗芙曼"等，后者为"好彩""骆驼""万宝路"等。

从十三岁开始，我们几个同学已经在学校的后山偷偷与你邂逅。

最开始同学们抽的是"领事"牌的薄荷烟，绿色纸盒的十支装，我不喜欢弗吉尼亚烟草的臭青味，常偷妈妈的"好彩"来抽，才过瘾。

如厕时吸一支，清新空气。越抽越多，晚上看《三国演义》《水浒传》时也要抽，之后才肯睡。

烟灰缸塞满烟头，将之藏在床底，温柔体贴的奶妈第二天将烟蒂倒个干净，再放回原位，从来没有出卖过我。

我们看黑白旧片时，你已是明星。堪富利·保加（Humphrey Bogart）烟不离嘴，偶尔，他连点两支，把一根递给女伴的朱唇。

贝蒂·戴维斯（Bette Davis）、琼·克劳馥（Joan Crawford）的抽烟姿态更是优美。有时刚强起来，一口烟喷在暴发户脸上，不屑地离去。

我们常听到你的许多传说，如替人点烟的，绝对不连点三支，因为在远方的敌人狙击手，看到第一次点火举枪，第二次火来不及瞄准，第三次点火必会中的故事，所以只点两支烟的规则，遵守到现在。与你做伴，在当年，是自由的，是奔放的，是毫无挂虑的，是好玩的，是时尚的。

直到一九五〇年，你的厄运出现了，抽烟致癌已被证实，反对你的运动产生。商人们即刻制造出过滤嘴香烟来挡灾，但是伤害已造成，这股势力将越来越强。

当年吸烟是摩登，现在禁烟变成时髦。

国内航线不准抽，两小时以上的国外航线也禁烟，发展到去澳大利亚的八个钟头夜航也要离开你。

但是请你放心，我会呼吁同好别忘记了你的两位姐妹：鼻烟和嚼烟。

那么多花样，那么精美的鼻烟壶，不是拿来当古董，是要实用的。

长途飞机上，禁烟场所中，闻鼻烟是个乐趣，挑出一小匙，搓一搓，吸入，一股透肺的清凉，那种滋味……唉，唉，原谅我花心。

我吸过上等的鼻烟，绝不呛喉。无比浓郁的香气，久久不散。翌日起床，深深呼吸，又是一番回味。

优质鼻烟，数十年前已是比金子还贵，现在在摩啰街也许可以找到少许，分量不多，也不会吸穷的。

一般的鼻烟，在欧洲的各个大城市都能购入，西班牙产的质量较佳。

嚼烟好坏差距不大，烟草中还加了蜜糖、豆蔻、肉桂等香料，非常可口。最普遍的是美国制造的，价钱相当便宜。

到外国去，我一定准备鼻烟和嚼烟，他们禁他们的，与我无关。

还有一种一小包一小包的含烟，夹在牙齿和口腔之间，自然过瘾，这也是美国制的，棒球选手最爱用。

烟斗、雪茄、香烟、鼻烟、嚼烟、含烟，没有一样是对身体有益的。

但是，想起来，袅袅，你我相处数十年，何以忍心一旦相弃？

看见辛苦了一天的乡下人，晚上休息之前来一口竹筒水烟，是那么的快慰！在城市森林的我，体力消耗不及他，工作上的压力，还不是一样？

抽烟致癌，没试过的年轻人我不鼓励他们去碰你。孤寂的长者，抽完烟后的安详，岂是别的东西能代替？

记得有位智者说过："人生的乐趣，从一点点小的罪恶开始。"

袅袅，让我长远地依偎于你怀抱，不愿醒。

适当地放纵，会令人年轻很多

旅行团本月不举办，稿又交齐，其他计划顺利进行，这一个月空闲。

做什么最好？读书、写字、刻图章和绘画没停过，但是做学问的事总有点枯燥，看电影DVD吧，好的也没有几部。那些月饼盒那么厚的内地电视剧，说什么我也提不起心肝去刨完。

天下最有趣的事，莫过于打麻将了。

广东牌花的心思太多，输了亦扭转不了局面。我还是爱打台湾麻将，在最后一圈，结尾的那一副牌有机会起死回生，好不刺激。

刚好陪儿子到加拿大念大学的朱太返港，在那边她闷出一个鸟来，誓言一回来要打个三天三夜。少女时代当过演员的她，有点疯狂，个性和我接近，一拍即合，三天三夜就三天三夜，怕你吗？

原先我们打的都是传统台湾老章，有十六张牌，番数也不多。但她和一些"雀友"近年来已加了百搭，打起来千变万化。

起初是四张，后来多加四张，八张百搭我还应付得来。这一次变本加厉，一共有十六张百搭，就把我打惨了。但三人陪你打，还要赢人家的钱干什么？

一副牌，手风顺的话，摸起来就是天和。或者打一张，其他人即刻吃得地和，已无技巧可言，完全是靠运气了。

不过这也好，在传统牌上千载难逢的牌局都能做得出来。呢咕呢咕已是最容易的了，清一色绝对有可能，十三幺没什么问题。

吃起来，几十番几十番那么算，如果一副牌有两种以上的和法，番数照加。不过筹码除五，是我们从前打的五分之一，朱太说当今香港什么都便宜，赌注也要减价，这是当今香港的社会现象。

三天三夜打下来，天昏地暗，不过有种说不出的快感，那种放纵令人年轻许多。朱太说加拿大那种鬼地方，别再去了。我赞同，我要是她，返港后会连续打三个月。

请不要压抑人的天性

"男人是不是应该有很多女朋友。"一个已经进入青春期的男孩子问。

"这不是应不应该的问题,"我回答,"这是天生的,你父母生出你一副好奇的个性,就自然会让你交很多女朋友;你父母生出你一副循规蹈矩的个性,就自然只有一个了。"

"但是所有的男人都被女性吸引的呀!"

"有些着迷了一辈子,有些只是吸引了一阵子。"

"那么统一来分析是错的了?"他说,"女人呢?是不是同样?"

我说:"她们天生冷静,很少因为有很强的冲动而交很多男朋友。"

"你这么说,我爸爸一定是一个好奇心不很强的人,我妈妈相反,所以他们才会每天吵架。"他有点气馁。

"你自己呢?"我问。

"我也是一个好奇心很强的人呀。"

"那么你多几个女朋友也是好的。"

他听了眼中露出喜悦："从来没有人跟我这么说。大家都告诉我等我长大就知道。"

"这是你的天性，压抑不了的。"

"如果将来我和一个好奇心不强的女人结婚，后果会不会像我的父母？"他开始担心起来，"那怎么办才好？是不是别结婚了？"

"等到你找到一个可以向她说明，她也懂得什么叫人性的女人才结婚。"

"要是她也是一个好奇心很强的人呢？"

"互相理解，互相发展。"我说。

旁边一个大人听到了大骂："蔡先生，你别教坏小孩子。"

我懒洋洋地说："教好他们的人太多，有一个教坏他们的人，也好。"

无聊，是年轻人的绝症

听到一些消息，见到本人，就问道："有人说你已经离婚，还大肆庆祝，是不是真的？"

"没有结，何来离？"她反问。

"大家都以为你们是正式夫妻。"

"没错，这消息是我放出去的，出来工作的女人，有了婚姻，谈生意时对方会更尊重一些，所以找到了那个男的之后，就向人说我结了婚。"

"那你不是真心爱他的？"

"真心，真的真心。我爱他。"

"那干什么分手？"

"在一起之后，我发觉他完全变为另一个人。我是和那个变的人分手，我爱的仍旧是我刚认识的那个人。当时我宣布结婚，就等于嫁给了他。不过，我认为不必去办那些烦死人的手续而已。"

"你说服得了那个男的？"

"大家都是年轻人，大家都相信爱情的伟大。情到浓时，说什么都好。"

"你现在才几岁，怎么说话那么老气横秋？"我批评。

"不是老气横秋，是现实。"

"你不怕人家在背后说你是一个离过婚的女人吗？"

"怕呀，但是正式结过婚后离开对方，和没有结婚而分手，根本就是同一回事，怕也怕不了那么许多了。"

"有没有一份伤感？"

"伤感只是和拍拖时分开一样，并没有失婚女人那么严重。虽说只是一张纸，不过那张纸不轻呀，我现在放松得多了，以后要是找到一个合适的，再正式办手续也不迟。他也会认为我没结过婚，对我看重一点。男人和婚姻一样，都是那么无聊的。"

可爱的宠物，让人开心每一天

生活水准提高，大都市的人开始有余裕送花，花店开得通街皆是。

跟着来的流行玩意儿便是宠物！

猫狗的确惹人欢喜，深一层研究，也许是城市人都寂寞吧。

狗听话，养狗的主人多数和狗的个性有点接近：顺从、温和、合群。

我对狗没有什么好印象。小时候家里养的长毛狗，有一天发起癫来，咬了我奶妈一口。从此我就讨厌狗，唯一能接受的是《花生漫画》里的史努比，它已经不是一条狗，是位多年的好友。

在邵氏工作的年代，宿舍对面住的傅声爱养斗牛犬（Bull Terrier），真的没有看过比它们更难看的东西。

另外一位女明星爱养北京狮子狗，它们的脸又扁又平，下颌的牙齿突出，哪像狮子？为什么要美名为"狮子狗"？

旺角太平道上有家动物诊所，走过时看见女主人面色忧郁，心情沉重地抱着北京狗待诊，我心想：要是你的父母亲患病，你是否同样担心？

楼下有个西人在庭院中养了一只狼狗，它日也吠夜也吠，而且叫声一点也不雄壮，见鬼般地哀鸣。有一晚我实在忍不住，用气枪瞄准它的屁股开了一枪，它大叫三声，从此没那么吵了。

在巴黎、巴塞罗那散步，满街都是狗屎。但是，有时看到一个老人牵着一条狗的背影，也就了解和原谅它们的污秽。

"你再也不讨厌狗了吧？"朋友问，"它们到底是人类最好的朋友。"

我摇摇头："还是讨厌，爱的，只是黑白威士忌招牌上的那两只。"

猫倒是可爱的。

主要是它们独立、自由、奔放的个性。

猫不大理睬它们的主人，好像主人是它养的。

回到家里，猫不像狗那样摇头摆尾前来欢迎。叫猫前来，它走开。等到放弃命令，它却走过来依偎在脚边，表示知道你的存在，即刻心软，爱得它要生要死。

猫瞪大了眼睛看你，仔细观察它的瞳孔，千变万化，令人想大叫："你想些什么？你想些什么？"

在拍一部猫的电影的过程中，和猫混得很熟。有时猫闷了，找我玩，我就抓着它的脚，用支铅笔的橡胶擦头轻轻地敲着它的脚板底，很奇怪的，它的脚趾便慢慢张开，粉红色的肉垫打开之后，像一朵梅花。

要叫猫演戏是天下最难的事。

逐渐发现猫喜欢吃一种用药菜种子磨出来的粉，在日本有出售，叫Matatabi，猫吃后像是醉酒，又像抽了大麻，飘飘欲仙。

拍完一个镜头，给猫吃一点当为报酬，但不能给它们多吃，多吃会上瘾。

不过我还是不赞成养猫狗。

并非我不爱，只觉得不公平，猫狗与人类的寿命差别太大，我们一旦付出感情，它们比我们早死总是悲哀得不能自已，我不想再有这种经验。

小孩子养宠物，增加他们的爱心，是件好事，但一定要清清楚楚地告诉他们，教他们认识死亡，否则他们的心灵受的损伤难以弥补。

如果一定要养宠物的话，就养乌龟。

乌龟比人长命。

倪匡从前在金鱼档里买了一对巴西龟，像两个铜板，以为巴西种不会长大，养了几十年，竟成手掌般大小，而且尾部还长着长长的绿毛。

移民之前，倪匡把家里所有东西打包，货运寄出，看见这两只乌龟，不知怎么办才好。

"照道理，把它们放在手提行李包里，坐十几个小时飞机，也不会死的。"他说，"但是移民局查到就麻烦，而且万一乌龟有什么三长两短，心里也不好过。"

我们打趣："不如用淮山杞子把它们炖了，最好加几条虫草。"

倪匡走进房间找了把武士刀要来斩人。

我们笑着避开。

最后决定，由儿子倪震收留。

"每天要用鲜虾喂它们。"倪匡叮咛。

"冷冻的行不行？"倪震问。

"你这衰仔，几两虾又要多少钱？它们又能吃得了多少？"

倪匡说完，又回房找武士刀。

倪震落荒而逃。

养猫会让时间过得有趣

回到家里，先看妈妈，等老人家休息，便和弟弟及友人搓四圈台湾牌。

家里养了三十只猫，走进冲洗房时，看到数十只猫一起望过来，真有受猫"注目"的感觉。从前的猫，依样子取名，像"阿花""黑童""三色冰"等，当今养的却按照它们的个性为名。

有一只在和家母谈天时探出个头来望着我，隔一会儿又躲在窗帘后偷窥，等我们转过头去，只剩下一条尾巴。

"哦。"弟弟说，"它叫鬼鬼祟祟。"

又有一只靠在墙边吃猫粮，其他地方懒得去，吃完睡一阵子，起身又吃。

"哦。"弟弟又说，"它叫永食不饱。"

另外一只整天咬桌椅的脚，想把整张东西搬走。

"哦。"弟弟说，"不自量力。"

"开台（粤语，打麻将）啰！"弟妇说完，我们走进麻将房，即有一只跟了进来，把它赶走，又千方百计从窗跃入。

"哦。"大家转头看，一起说，"这只是嗜赌如命。"

家里的麻将脚——老友谢兄随传随到，是位很忠实的台湾麻将迷，另外有曾江和焦姣夫妇，可惜他们已搬回香港定居，只有发掘新人，来了一位仁兄，名字忘了。

此君一下场大杀四方，我们几个的麻将柜桶差不多输得精光。

忽然，他尖叫一声，整个人跳了起来，原来"嗜赌如命"不知什么时候跑到他脚底用毛擦了他一下。此君最怕猫，看到这种情形，我懒洋洋地说："猫不可怕，猫毛才最恐怖，家里那么多猫，空气中全是猫毛，吸进肺里，哼哼！"

结果当晚一家烤肉三家香，此君把赢的都吐回来，吓得脸青青，落荒而逃。

逛菜市场就像逛字画铺

广东道和奶路臣街之间的旺角市集是我最喜欢去的一个菜场。

不要误会，我指的并不是政府建的那座菜市，而是街上的和路旁的小店铺及摊档。因为它有个性，摆到道路中央，警察每天来抓，等他们走后，小贩摆满货物，大做其生意。

买菜，是一种艺术，和烹饪是呼应的。好厨子不规定今晚要炒些什么，看当天有什么新鲜或新奇的材料，就弄什么菜。

当然，无可选择的酒楼师傅又另当别论，而且，菜色一商业化，就失去了私人的格调和热爱，也是极可悲之事。

怎么样能买到好材料呢？以什么标准评定它的优劣？

这都要靠经验和爱好，没得教的。

像一个当店（即当铺）学徒，他不是一生下来就会鉴定一件东西的好坏和价值，必要多看，多吃亏，最后才能成为高手。

到菜市场去逛一圈，就像去了字画铺，像进了一个古董拍卖场，必须从容不迫，悠闲地选择。

最贵的材料并不一定是最好的。比方说猪肉吧，猪排、梅条肉等部分价高，但是一只猪最好吃的部位包围在肺部外层，俗称"猪肺捆"。它的肉纤维短而幼细，又略带肥肉和软骨，味浓而香，是上上肉，也是价钱最低微的肉。炒、红烧等皆可，滚汤更是一流。

煮完捞出来切片，蘸浓酱油和大蒜蓉，美味无比，试试就知。如遇新鲜者，择而购之，肉贩都会称赞你。

在市场游荡之间，忽然，你的眼中一亮，因为你看到一种新鲜得发光的材料，那你的脑中即刻计算要以什么菜去陪衬它后，便要狠狠下手去买，贵一点也不成问题。

菜市场的菜，贵极有限，少打一场麻将，少输几场马，少买几张六合彩，已经足够你要买任何一样东西。

逛菜市场是最享受的时候，有如追求女人，等到下手去买，便等于确定关系。

练习，喜欢自己的生活

对生儿育女的观念，我早已看得很开。

这是旅行带来的礼物，当你在欧洲遇到许多夫妇，你就会知道没有子女，人，照样可以活得很开心。而且他们的父母，也绝对不会怪他们为什么不传宗接代。

一起旅行的团友，多数只是夫妇一对，有的和我一样，不相信一定要生孩子；有的儿女已成家立业，没人在他们身边，也和我一样。

"哎呀，你不知道家庭的乐趣，那多可惜！"有些人摇头。

"哎呀，你自由自在，真是羡慕死我们了……"有些人点头。

完全是看法，他们怎么想，和我一点关系也没有。如果做人要为别人的话而活，也是相当悲哀的一件事。

虽然这么说，父母之言，还是要听的。最难过的那一关，还是担心家长对我的期望，这是非常迂腐的。不过，蔡家已为长辈传了六个孙儿孙女（哥哥、姐姐和弟弟各两名），只有我没有后代，我父母亲是默许的。

看见友人为他们的子女烦恼，我捏了一身冷汗，当他们跑来和我商量时，我不知道怎么安慰他们。我有最好的借口："我自己没有，不能了解，不懂得处理。"

儿女背叛父母的例子也太多了，父母憎恶子女的个案也见得不少。让上帝去原谅吧，我们自己饶恕不了的话。

新年期间，应该喜气洋洋，怎么思想那么沉重？还是说点欢乐的。

"现在养一个小孩，根据统计，要两百多万港币。"一位带着一家人的团友说。

另一位没有子女的笑嘻嘻地说："蔡先生的旅行团团费两万多。我没有小孩，可以参加一百次。"

活着，就要做有意义的事

有些城市有计划地种树，一排排植成林，煞是好看。香港也曾经受过这种洗礼，但只限于一小部分，像太子道上的鱼木。

红棉路上应该有很多木棉吧？已被砍光，现在剩下的只有伶仃数株。弥敦道上，尖沙咀美丽华酒店附近的那一段，还是有很多棵大榕树，家父最为欣赏，第一次来香港看了就觉得这个城市有文化。

当年他是乘船自内地来香港，邮轮在维多利亚港口沉没，弄得要游水上岸，身上一切尽失。他已不记得那艘船叫什么名字，想查一查，但我为生活奔波，没空去做，即使现在找出来，老人家也已过世，迟了。

如果让家父了了这个心愿，那么我做人，至少可以说曾经做过一件有意义的事。

什么是有意义的事呢？种树可也。

香港这个名字，懂得汉字的人当然知道它的意思，一被洋人问道"Hong Kong？ What does it mean？"（意为：香港？什么意思？）

的时候，我们照字面翻译的答案，对方听了一定哈哈大笑。

把这个被污染的港口变香，并不可能。再花多少人力物力，洋海已不能清澈。不但香港，全世界大都市的海都是如此。

但是在香港散步，处处闻到花的味道，留下深刻印象，倒是做得到的，就算不能全年散发香味，但是至少有个一个月时间，也就够了。

让我们尽量去种白兰吧！这种树可以长得数十尺高，整棵开满又长又尖的白花，香得不得了，我们的气候也最适宜种这种花。

这种事最好让政府去做，数十年政坛上的功绩，在历史上并不重要，但是享受过那阵芬芳的后人，认为香港的确是名副其实香的事实，是无人能够抹杀的，何乐不为？政府不做，商人也行，总比留名在一个小小的学校有意义得多。

我们这辈人最幸福的事

"我们这一辈的人真幸福，看到柏林围墙被拆烂。"友人说。

其实任何苛政，从历史来看，不过是短暂的一刻，都要倒下的。我没反对他的看法，但是对我们这辈人，有另一个角度观察。

一百多年前发明了电话，故事中的"顺风耳"实现了。记得小时讲长途时，还要大声喊。当今的手机，是古人在童话中也创造不出的奇迹，我们人人有一个，而且有的还可以看到对方的尊容，带来了方便和不方便。

对我们这些写作者，传真机的发明是恩典，写完稿一按按钮就发出去，羡慕死乘的士过海交稿给报馆的老作家。当今有些作者更在计算机上输入中文直接传送，但我们这种老顽固还坚持手写，不是学得会学不会仓颉（输入法）的问题，只是不肯去学罢了。

更令电影迷高兴的是把那十卷又厚又大的菲林缩成手掌般大的 DVD，家中是一个电影院，得到无比的欢乐。

这些都是历史上人类从来都享受不到的小小例子，我们得到的多，失去的也不少，像新鲜的空气，没有农药的蔬菜，不经养殖的甜美的鱼虾，等等，等等。

我们这一辈子的人最得益的事，应该是无穷的智识泉源——计算机中的数据库了。任何事物，一经搜索便出现数不清的情报，要看什么有什么，所有的问题都得到了答案。全世界的博物馆在家中都能看遍，一切是手指间的距离。

至于下一辈子的人什么最幸福？

九月一日开学那天，遇到街上的学童背着沉重的书包，愁眉苦脸。这证明天下的教育制度完全失败，有哪一个老师聪明过计算机呢？

有一天如果那个鬼制度被打破，儿童到学校去只是认识新朋友，大家一起唱歌游戏，那才是他们真正的幸福。

折磨，折磨，好过瘾

大家都在喊："欧元那么高，到巴黎什么也买不下手。"

"日元高企[1]，现在去了东京，什么都觉得贵。"又有人那么说。

东南亚的游客也说："香港虽然便宜了一点，但东西比起我们的都不便宜。"

这是一个相对的问题，我们住惯了香港，觉得一切都是理所当然的。其实，香港是全球物价最高的都市之一，我们自己不觉得罢了。

我一生好彩[2]，住什么地方，什么地方的东西都贵。一到外国，钱花得轻松，像我在日本吃鱼生，就一直笑。

名牌东西，日本较贵，这是一般的理论。但是近年税减轻

1　高企，源于广东话，指价位持续停留在较高的位置不落，且有再升高的可能，常用于金融、股票业、物价类。
2　好彩，通常指赌博时运气好，有时也被诙谐用来表示倒霉。

了，价钱已和香港所差无几。他们的办货人眼光较高，进的货花样有品位，就算贵了些，还是值得去买的。

我一向主张可以花多少就花多少，这一笔是辛苦赚来，用个十巴仙不算过分，不用了反而没有赚钱的动力。以这十巴仙当预算，别一一计较，花光了算数。用一次钱心痛一次，干什么？从大数目着想，换成外币之后，把计算器丢掉就是。

你不是这种个性？那也不要紧，欧洲、日本都不要去，到柬埔寨和缅甸吧！那边一块美金千千声，你一抵步即刻成为百万富翁，花个痛快！

当今钱用得最舒服的有泰国、马来西亚和印度尼西亚，一切物有所值，街边吃碟面也不过十多块港币，味道好得很。

你也不舍得？

躲在家里数银纸吧，各有所好，不勉强。

我不会自认清高，认为钱是罪恶的。身边留几个是要的，其他的花掉。

钱，是我的奴隶。

折磨。折磨。好过瘾。

年轻时做过的疯狂的事

从大阪返港的飞机上，看了一部电影，片名已错过，看到是大卫·林奇（David Lynch）导演，即刻留意。

故事描述一个七十多岁的乡下老头决意跨州去看他的弟弟。平平凡凡，扎扎实实，和一般的怪异林奇作品完全不同。

一开始就形容老头双脚不灵，眼睛有毛病，跌在地上不能动弹。

老头觉得时日无多，决心上路，但他的驾驶执照因眼疾早被吊销，只有坐着电动割草机，拖了一辆手卷的铁棚出发。全镇的人都以为他疯了。

路上，他遇到了一个离家出走的少女，用智慧的语言令她回家。

车子烂了，遇好心人为他换取一辆二手的。再坏，找人修理，要敲老头竹杠，他一一杀价。这个老人一点也不蠢。

有人问他："你单身出门，不怕坏人？"

老头回答："第二次世界大战时，我在战壕中度过，有什么比它更危险的呢？"

又遇到一位老头，互相道出战争的可怕。老头安慰另一个老头，说自己当年是狙击手，把敌军一个个选出来杀死，最后还错杀了一名美军的哨兵。

几经风雨，数日后终于抵达弟弟的家所在的地方。同乡中人说好久不见他弟弟，不知死了没有。老头心急，驾往弟弟家的那条小路，是最漫长的。

终于见到弟弟，他们两人年轻时因口角而分开。老头向别人说道："再不去道歉已来不及。"

见面后两个人坐在门外，大家一语不发。弟弟的眼光慢慢移动到那辆割草机和拖车，盯住。心中的激动表现无遗，这时他大哭，观众都哭了。

片中印象最深的对白，是当老头遇到一个脚踏车（即自行车）队，和选手们夜里共宿，他们不礼貌地问："人老了，最坏的是什么事？"

老头安静地回答："是想起年轻时做过的事。"

等到你成熟时，就会起变化

小朋友问我："我总不能填满那四百字的稿纸，不是太长，就是太短，怎么办？"

"这样吧。"我回答，"不如把那四百字分为四个部分，一个部分一百字。"

"你是不是开我的玩笑？"小朋友恼了。

"不，不，我是正经的。"我说，"文章结构，总有起、承、转、合，刚好是四段。"

"那不是太过刻板吗？"小朋友不服气。

"基本训练，总是刻板，所有基础，没有一样是有趣的。等到你成熟时，就会起变化。"

"怎样的变化？"

"起、承、转、合。"我说，"可以变成合、转、承、起。或者任何一个顺序都行，只要言之有物。"

小朋友说："我明白了。如果将'转'放在最后，就变成了一个意外结局（surprise ending），等于你常说的棺材钉。"

"你真聪明，一点就会。"我赞许。

"那么每一段不必是一百字也行？"小朋友还想确定一下。

"那是打个比喻。"我说，"先解决你写得太长或太短的疑问。"

"但是有时还患这毛病呀！"小朋友说。

"那么，你宁愿写长一点。修改时，左删右删，文字更是简洁。"

"有时不知道要写些什么才好。"

"我也是一样呀。"我说，"所以要不停地观察人生，不断地把主题储藏起来。"

"有了主题有时也写不出呀！"

"那么你先要坐下来，坐到你写得出为止。这也是一种基本功，最枯燥了。写呀写呀，神来之笔就会出现。"我说。

小朋友不太相信，露出像我开始写的时候不太相信前辈所讲的表情，我笑了。

专注与热爱，
方能在不同行业创造奇迹

　　"你说投资，"小朋友问，"做什么投资最好？我从来不懂得做生意，怎么开始？"

　　"古人的话，有他一定的道理。"我说，"不熟不做。要做你认识的。"

　　"我只懂得我的老本行，最熟了。其他，一点也不懂。"他说。

　　"那么开始学习呀。"

　　"学些什么？"

　　"学你的工作之外，有兴趣的东西。"我说。

　　"我只对吃东西和睡觉有兴趣。"小朋友笑了。

　　"对吃有兴趣，可以开小餐厅。对睡觉有兴趣，可以设计枕头。"

　　"唔。"小朋友说，"我没有想到设计枕头也是一种行业。"

　　"这行生意可大可小。一般人都对自己的枕头不满，说睡得不好完全因为没有一个好枕头，你能做出一个让他们满意的，一定有人买。"

"但是我只会睡觉，不会设计。"

"所以说要学习呀。"我说，"可以从研究背脊骨的构造开始，再进入到天下最轻最软的鹅毛是哪一种？一块布的枕头好，还是分成十个气袋？天然树胶的发热量和人造塑料的分别如何？枕头盖麻质好过丝绸？应不应该分春夏秋冬不同的四个袋子？用计算机分析头和颈项的角度，行不行得通？抱枕呢？追溯它的历史，叫作'竹夫人'。从前的抱枕，天气热的时候用竹编成的，你知不知道？有个象牙的抱枕，更凉快，但是现在大象禁猎，可用什么塑料来代替？每一种东西都是一门学问。精了，就是专家，写谈论古今枕头的文章，也是乐事。"

我一口气说完。

小朋友哇地一声道："除了睡觉和吃饭，我还喜欢做爱。"

我懒洋洋地说："去拍小电影，拍得好，也能赚钱。"

一世到底有多长

说什么，也是筷子比刀叉和平得多。

我对筷子的记忆是在家父好友许统道先生的家开始的。自家开饭用的是普通筷子，没有印象，统道叔家用的是很长的黑筷子。

用久了，筷子上截的四方边上磨得发出紫颜色来。问爸爸："为什么统道叔家的筷子那么重？"

父亲回答："用紫檀做的。"

什么叫紫檀？当年不知道，现在才懂得贵重。紫檀木钉子都钉不进去，做成筷子一定要又锯又磨，花费工夫不少。

"为什么要用紫檀？"我又问。

父亲回答："可以用一世人用不坏呀！"

统道叔已逝世多年，老家尚存。是的，统道叔的想法很古老，任何东西都想永远地用下去，就算自己先走。

不但用东西古老，家中规矩也古老。吃饭时，大人和小孩虽可一桌，但先坐的都是男的，女人要等我们吃完才可以坐下，十分严格。

没有人问过为什么，大家接纳了，便相处无事。

统道叔爱书如命，读书人思想应该开通才是，但他受的教育限于中文，就算看过五四运动之后的文章，看法还是和现代美国人有一段距离。

我们家的饭桌没有老规矩，但保留了家庭会议的传统。什么事都在吃饭时发表意见，心情不好，有权缺席。争执也不激烈，限于互相的笑。自十六岁时离开，除后来父亲的生日，一家人很少同一桌吃饭了。

说回筷子，还记得我追问："为什么要用一世人，一世人有多久？"

父亲慈祥地说："说久也很久，说快的话，像是昨天晚上的事。"

我现在才明白。

努力向前，必有收获

这一个《名采》版，作者们时常"开天窗"，有些资深的写作人，因为公事要请假，也无可厚非，但是这对代他们写的人很不公平。

"你要是写得好，编辑就会请你了，何必替人家写？"读者们都有这个疑问。

其实交替者的文笔都不错。我认为要是有人"开天窗"的话，那就不是一个人来写，而是大家写。

很多想成为专栏作家的人，一直抱怨说没有地盘，这不就是机会吗？文章精彩与否，一篇见效，主要看可读性高与不高。

甚至想到专栏版上应该有一个永久的空位，像贴大字报的墙，让跃跃欲试的人发表他们的文章。

虽说中文水准低落，但每一个时代总会出现一些杰出的写作人。我父亲那一辈子，看我们的文字总是摇头轻叹，但也阻止不了亦舒、李碧华等人的冒头呀。

相信的不是一代不如一代，而是青出于蓝，这才是正确与乐观的态度。

新的写作人去哪里找？大把！在我那几篇《病中记趣》刊登后收到的大批慰问电邮之中，已看到有许多内容有趣、文字生动的来信，他们都是有希望成为专栏作者的人才。

凡事一求代价，层次必低。尽量写好了，抱怨没地方发言而停笔，就永远停下来。当成记日记不就行了吗？

一时的光辉并不代表可以一直坚持得下去，专栏难在保持水准。什么叫水准？热爱生命，就是水准了吗？

不停地写，别虚伪，仔细观察人生百态，题材多得不得了。千万不要以"说得容易做时难"为借口，从今天开始你就把自己的想法记录下来，这是达到愿望的第一步。记得区乐民做学生的时候，我也曾经这么鼓励过他。

过我想过的日子

《山居岁月》和续篇《恋恋山城》的作者彼得·梅尔（Peter Mayle）对于写作，幽默地举例：

作家常以为他的经纪人爱他爱得不够，空白的稿纸是他的死对头，出版社是不守信用的小气鬼，书评家是他的大冤家，老婆不了解他，连酒保也不了解他。

银行放款部主管一看到，便即刻躲在桌底下，他知道文人不是低风险的借账对象。

作家需要做大量的资料搜索，外行人看来好像只要花五六个小时在图书馆中，或者只要打六七通电话就完事，但是在今天，作家提出所有的细节全部都应有事实根据，单凭想象和几笔地方色彩是不够的，读者要知道作家到过什么地方、做过什么事才能信服。

太普通的国家没人看，作家要做资料搜集，通常必须出现在一些最不堪过活、最危险的角落里，像贝鲁特或尼加拉瓜等。

几个月很快地过去，虽然属于荒蛮地方，生活费不高，但是来回的机票不便宜，再加上回国后在医院的身体检查，看看是不是得了怪病，才是最贵的。

看起来作家好像万事俱备，可以开始动工了，但对着那一大沓空白的稿纸，他来回踱步，呆呆地瞪着窗外（作家常常看天色）。最后，一个字也写不出来。

这叫"写作阻塞症"，或称为"写作痉挛症"，是作家两耳之间出现的痛苦症状，已经发生。

不知道别的作家怎么想，我是愿意无条件地挨下去，也不能适应舒舒服服但寄人篱下的办公室日子。开会时我注意力已退化，打领带会出麻疹，深深地厌恶公事包这件东西。

写作是折磨，还是雅癖，我不清楚，但是我明明白白知道，作家的生涯就是过我想过的日子。

乐观的人，运气好

坐上的士，阵阵香味传来。

"怎么你的姜花没枝没叶，是一整扎的？"我看到冷气口挂的花。

"哦，"司机大佬说，"我住在荃湾，那边的花档把卖不出去的姜花折了下来，反正要扔掉，不如用锡纸包好，才两三块钱一束。卖的人高兴，买的人也高兴。"

又看到车头有些小摆设："车是你自己的，所以照顾得那么好？"

"刚刚供的。"司机说，"以前租车的时候，我也照样摆花摆公仔。"

"要供多久？"

"十六年。"他并不觉得很长。

"生意差了，有没有影响？"言下之意，是做得够不够付分期。

"努力一点，"他说，"怎么样也足够，总之不会饿死。"

"你很乐观。"我说，"近年来一坐上的士，都是怨声载道。"

"不是乐不乐观，"他说，"总得活下去，怨也活下去，不怨也活下去，不如不怨的好。怨多了，人快老。"

"你不是的士司机，是哲学家。"我笑了，看到车头有个小观音像，又问，"你信观音，所以看得那么开？"

"一个乘客丢在车上，我捡到了就用胶水把它粘在这，我不是信教，我只是觉得好看，没有其他原因。"

"你们这一行的，大家都说客人少了很多。"我说。

"很奇怪，"他说，"我不觉得，大概想通了，运气跟着好，像我载你之前，刚接了一单，客人一下车，即刻有生意做。"运气好也不会好到这么厉害吧？到家。我付了钱，邻居走出大门，截住，上了他的车。

第二章

兴之所至地活，才算精彩

美人在每一阶段都好看

有人问我，你写那么多关于女人的东西，那你心目中的女人是什么样？

我一回答，即刻被众人骂：哪有那么好的女子？

骂多了，我学乖，再也不出声。但心中想想，又不要花钱，又无冷言冷语，总可以吧？正在发痴，又被人责备脑中的绮念。

好，就举明朝人对美女的看法吧，要骂，你就去骂明朝人，和我无关。

他们的美女，有下述条件：

一、闺房

美人一定要住好的地方：或高楼，或曲房，或别馆村庄。房内清楚空阔，摒去一切俗物，中置精雅器具，及相宜书画。室外须有曲栏纤径，名花掩映。要是地方不大，那么盆盎景玩，断不可少。

二、首饰衣裳

饰不可过，亦不可缺。淡妆浓抹，选适当的去做好了。首饰只要一珠一翠，或一金一玉，疏疏散散，便有画意。

服装亦有时宜。春服宜倩，夏服宜爽，秋服宜雅，冬服宜艳。见客宜庄服，远行宜淡服，花下宜素服，对雪宜丽服。

衣服大方，便自然有气质。

三、选侍

美人不可无婢，犹花不可无叶。佳婢数人，务修清洁。时常教她们烹茶、浇花、焚香、披图、展卷、捧砚、磨墨等。

为她们取名的时候绝对不能用什么"玫瑰""牡丹"等俗气的字眼，可为她们取"墨娥""绿翘""紫玉""云容""红香"等文雅的名字。

四、雅供

在闺房的时间长，所以必须有以下的家私和器具：天然椅、藤床、小榻、禅椅、香几、笔砚、彩笺、酒器、茶具、花瓶、镜台、琴、箫和围棋。

如果有锦衾纻褥、画帐绣帏那就更好，能力办不到，芦花被、絮茵、布帘、纸帐亦自然生趣。

五、博古

女人有学问，便有一种儒风，所以多看书和字画，是闺中学识。

共话古今奇胜，红粉自有知音。

六、借资

美人要有文韵，有诗意、禅机。

七、晤对

喝茶焚香，清谈心赏者为上。

喜开玩笑好玩者次之。

猜拳饮酒者为下。

八、神态情趣

美人要有态、有神、有趣、有情、有心。

唇檀烘日，媚体迎风，喜之态；星眼微瞑，柳眉重晕，怒之态；梨花带雨，蝉露秋枝，泣之态；鬟云乱洒，胸雪横舒，睡之态；金针倒拈，绣榻斜倚，懒之态；长颦减翠，瘦靥绡红，病之态。

惜花爱月为芳情，停兰踏径为闲情。小窗凝坐为幽情，含娇细语为柔情。无明无夜，乍笑乍啼，为痴情。

镜里容，月下影，隔帘形，空趣也；灯前目，被底足，帐中音，逸趣也；酒微醺，妆半卸，睡初回，别趣也；风流汗，相思泪，云雨梦，奇趣也。

明朝人还加以注解说：态之中我最喜欢睡态和懒态，情之中我最爱幽情与柔情。

有情和有心则大可不必了。我虽然不忍负心，但又不禁痴心。

不过来个缘深情重，又是件纠缠不清的事。

所以我说，大家相好一场之后，到头来各自奔前程，大家不致耽误，你说如何如何？

以前的袁中郎是个聪明人，他在天竺大士面前说过这么一句话："只愿今生得寿，不生子，侍妾数十人足矣。"

九、钟情

王子猷呼竹为君，米元章拜石为丈。古人爱的东西，尚有深情，所以对女人，也非爱不可。

她们喜悦的时候畅导之，生气时舒解之，愁怨时宽慰之，疾病时怜惜之。

十、招隐

美女应该像谢安之屐、嵇康之琴、陶潜之菊。有令男人能与她相伴而安定下来的魅力。

十一、达观

美人对性的观念应该看得开，好色可以保身，可以乐天，可以忘忧，可以尽年。

十二、及时行乐

美人在每一个阶段都好看。直到半老，色渐淡，但情意更深远，约略梳妆，偏多雅韵。如醇酒，如霜后橘，如老将提兵，调度自如。

香肌半裸、轻挥纨扇、浴罢共眠、高楼窥月、阑珊午梦等，神仙羡慕之声。此时夜深枕畔细语，满床曙色，强要同眠。

花开花落，一转瞬耳，美女了解此意，故当及时行乐也。

这世界哪有什么剩女

　　亦舒又在另一期的《明报周刊》专栏中，写了一篇《感情》，提到我说过："所有感情的烦恼，都因为当事人爱得不够。你若爱他，不会遭遇第三者，不会分居两地，也不会认为爱上不该爱的人。诸多踌躇，均因爱他不够，爱自己更多。"

　　我说过很多关于感情的话，已不记得，好在亦舒提醒。但感情事，也会因时间而变，你虽然有过金玉盟，但是一旦对方已经变成了另一个人，那么是可以取舍的。因为你的承诺依旧，可是对方已经不是当初那个人。离开了，是可以谅解的。

　　至于文章中提到把年纪大了还未婚的女人称为"剩女"这回事，我也同意观点是无知的。当今是什么时代，不结婚就不结婚，结了婚也不代表是完美，有什么所谓剩与不剩？

　　问题是克服自己的心魔，人家说你，你就自以为是剩女，那么，神仙也救不了你。要是你不管其他人的批评，你才是一个真正的自由人，一个好的女人。我身边有很多这种好女人，她们有空了就去旅行，探望远地的老友，爱读书，喜欢看电影。这些精神伴侣，都比一个坏老公强得多。

我尊敬她们对不结婚的态度，不被世俗捆住，不向制度低头。动物之中没实行一夫一妻，虽然说因为人类的智慧高于其他动物，所以婚姻制度才产生。而这种规则，因时代而变。你如果是古人，一妻四妾；你要是生长在国外某些民族地区，一妻多夫，也是自然的事。

谈到性，似乎对亦舒不敬，她从来不提，不过在近作中，描述把男人换了又换的剩女，趣味性极高，推荐你一读。

男人，当有男人味

男人一搽香水，便留给人一个娘娘腔的感觉，所以他们永远不会承认，只是说："啊，那是洗头水的味道。"

大家都洗头，为什么又没那么香？男人又说："啊，那是须后水。"

还是德国人老实，早在一七九二年的二百多年前，他们便自认搽香水，发明了古龙水，最出名的是4711。4711只是一股清香，并不像女人香水那么浓郁，洒上大半瓶，味道一下子便消失，搽了等于没搽。

随着社会的繁荣，以及女人香水市场的饱和，商人拼命向雄性动物打主意，开发了庞大的男人古龙水生意，每年的销量，是个天文数字。

今天，男人的脸皮越来越厚，也不介意别人怎么说他，一味大搽古龙水。而且男人不断地要求把香味加浓，本来一瓶古龙水有3%的香精油，已加到10%了。

味道最强烈，也最受欧美人士欢迎的应该是Aramis。有一次在飞机上遇到一个穿西装的黑人，他洒的只有10%香精的Aramis，怎么样也抵不过身体发出的100%的狐臭，这种混合了的毒气，比任何污厕还要强烈一万倍。

女人身上便闻不到，因为她们有香水。男人至今还没机会搽上正式的香水，在男士古龙水中从前没有强调"最贵"，如女人的Joy，真是可怜。

当然还是有很多人讨厌男人搽古龙水，但是如果你经历过内地名胜中的人群汗臭，你会宁愿男人都搽香水。

好了，现在我们男人开始买古龙水吧。挑选哪一种最好呢？

世界上有成千上万的古龙水牌子，但香味系统逃不过香味四大家族：Citrus橘子香，含有柠檬、柑、橙花等混合的味道；Chypre素心兰，其实和素心兰花无关，含有橘子香、橡苔的混合味道；Fougere馥奇，只是个读音译名，含有薰衣草、橡苔及黑豆香的混合味道；Oriental东方香型，含有香草、琥珀的混合味道。

在欧美卖得最多的二十种名牌之中，素心兰家族占得最多，有八个牌子：Aramis的Aramis，Halston的Halston Z-14，Hugo Boss的Hugo，YSL的Jazz，Christian Dior的Fahrenheit，Estee Lauder的Lauder For Men，Ralph Lauren的Safari For Men，以及Calvin Klein的Escape For Men。

第二位是馥奇家族，有六种：Rabanne的Paco Rabanne，Ralph Lauren的Polo，Loris Azzaro的Azzaro For Men，Guy Laroche的Drakkar Noir，Davidoff的Cool Water，Calvin Klein出品

的Eternity For Men。

第三是橘子香家族：Christian Dior生产的Eau Sauvage，Armani的Acqua di Gio，Lacoste的Lacoste。第四是东方香型家族：Chanel的Egoiste，Calvin Klein的Obsession For Men，最后是Paloma Picasso的Minotaure。

美国文化传统敌不过欧洲，美国人对香味的要求并不考究，而且是广告之宣传力量下的产品，所以首先可以把美国产的古龙水由上述的名单上删除。

德国时装公司的西装，永不及法国的设计和意大利的手工，所生产的香水好极有限（粤语，意为好不到哪里去），也可以不用考虑。

Davidoff的雪茄和白兰地皆有水准，副产品的古龙水不会差到哪里去。

毕加索的女儿设计的Swatch手表被抬举得价钱甚高，但在国际服装和化妆品上还未奠定她的地位，所出的古龙水是好是坏，你也应该知道。

Paco Rabanne虽然历史不久，但是古龙水却有一股不腻的幽香。

运动家型的男子，Polo较适合吧，传统一点的用Fahrenheit不错。爱罗曼蒂克气氛的，可用Jazz。至于高尚男士，多骄傲，用衬名字的"自恋狂"Egoiste好了。

除了人造的香味之外，男人本身是否真正有男人味呢？当然有啦，我们身上发出的味道，就是男人味，最原始时用来挑拨起女人的性欲，哪怕是汗味或者是狐臭，各花入各眼。我们的臭味，对喜欢我们的女人，都变得难忘。也许，有一天我们被外星人抓去，拼命地抽出我们的狐臭，就像人类采取麝香当香剂一样。

说正经的，狐臭太过怪异，有一种叫"Byly"的西班牙药膏，可以让狐臭发酵成酒精蒸发掉，很有效用，可惜最近已不进口。总之，男人只要多洗澡，便有一股自然的香味。

至于真正的男人味，是抽象的。

男人在思考的时候、在做决定的时候、在创作的时候、在发命令的时候，都有男人味。对身边人起不了作用的男人，就算浸在一缸古龙水中，闻起来，也像杀虫水居多。

男人和女人

男人和女人，完全是两个不同的动物，我们男人：

一、用电话，最多三分钟就把事情讲完。

二、出门三天，最多一个包箱就够，拿出或收拾衣服，都只要十多分钟。

三、不怕发型屋或纤体院打抢我们的荷包，化妆品省下的钱，更是无数。

四、我们的老朋友根本不管你有多胖，他们不会叫你减肥。

五、姓什么就姓什么，前面不必加另外一个人的姓。

六、我们晚上睡觉的样子，和我们翌日起身的样子，都是一样的。

七、我们穿来穿去，都是那几件衣服，那三双鞋，我们也不想指挥别人穿什么。

八、我们不管穿什么，都可以把脚打开着坐。绝对不会失仪态。

九、公司里有同事在你背后说坏话，你可以一笑置之。

十、参加一个派对，看到别的男人和我们穿一模一样的衣服，我们不会介意。

十一、我们坐在车后，绝对不会叫驾车的朋友转左转右。

十二、我们想什么就讲什么，不会假装说这一切都是为你好。

十三、老朋友带什么女人上街，我们不会批评她们的美丑。

拍戏让我洞悉人生

天地图书为我出版了一册新书，题名《吾爱梦工场》，看了很喜欢，谢谢编辑陈婉君和美术编辑杨晓林，不管是图片的收集还是文章的编排，都很精美恰当，只少了一篇序，而我的书多数是无序的，如果能够再版，也许可以把现在写的这篇加进去。

封面上的黑白照片，右边站着的是谁？有些读者问过。这位老人家在西方鼎鼎有名，就是《海神号》（*The Poseidon Adventure*）——一九七二年的那部经典灾难片的导演。此片亦重拍过，不管计算机特技有多么进步，但在剧情上的控制，远远不如旧的。

罗纳德·尼姆（Ronald Neame）是英国人，出生于一九一一年，入行时为摄影助手，升为摄影师时拍过《卖花女》（1938）、《与祖国同在》（*In Which We Serve*）（1942）。在一九四五年拍了大卫·里恩（David Lean）的《欢乐的精灵》（*Blithe Spirit*）（1945）之后，两人关系加深，当了大卫·里恩的制片，监制过《相见恨晚》（*Brief Encounter*）（1945）和

《远大前程》（*Great Expectations*）（1946）等经典之作。

他自己导演的戏无数，值得一提的是《百万英镑》（*The Million Pound Note*）（1954）、《财星高照》（*The Horse's Mouth*）（1958）、《春风不化雨》（*The Prime Of Miss Jean Brodie*）（1969）。

到了好莱坞后最出名的还是《海神号》了，片商们看他拿手，就接着请他拍另一部灾难片，叫《地球浩劫》（*Meteor*）（1979）。此片刚出DVD，讲的是大陨石冲击地球的故事。这种题材后来好莱坞拍过好几次，也不如它精彩，虽然当年的特技，今天看起来还是幼稚的。

很多人不知道，*Meteor*是与香港邵氏公司合作的影片，部分外景在香港拍摄，而负责当地制作工作的，就是我了。

在这段时间内，老人家发现和我谈得来，不断地教导我关于电影的制作和编导的技巧。好莱坞的巨资制作，是不允许超支的，开工后得按照行程拍摄，否则延迟一天，就要损失数十到一百万美金。当我们去外景时，下雨，上千名临时演员在等待，怎么办？老人家说："拍特写。"

我们把这些琐碎镜头完成后，雨渐停，问道："是不是可以拍远景了？"

"还不行，光不够。"他斩钉截铁地说。

"怎么知道光够不够的呢？"我再问。

"你看商店里的日光灯，要是比外边还亮，那就表示还不能拍。等看不见了，光就够了。"回答得实在有道理。

至于监制上的工作，他老是教导："镇定，镇定，镇定，镇定。做阿头（即上司、负责人）的，一慌张，解决不了问题。"

谢谢老师，今后做人，怀此态度，也得益不浅。

有趣的人物，还有受艺术和商业界都看重的约翰·休斯顿（John Huston），他在一九七九年来香港，不是当导演，而是做演员，拍了《黑豹》（*Jaguar Lives！*）

我们闲聊时，我问道："你是位大导演，怎么肯来这里拍一部B级动作片，而且演的还是反派呢？"

他一面抽雪茄一面说："如果你真正喜欢电影的话，有什么工作你就做什么。什么叫反派？什么叫正派？哈哈哈哈，我是一个无耻的，也不知道什么是被尊敬的人。怕什么？什么叫羞耻？自己感觉。别人说什么你不必去管，尽管去拍好了。"

我今天还记住他重复又重复的那句：只要真正喜欢电影的话。

僵尸片中，除了演僵尸的克里斯托弗·李（Christopher Lee）之外，一定有一个僵尸杀手，叫范海辛，而经常扮演这个角色的是皮特·库欣（Peter Cushing）。他来香港拍《七金尸》（*The Legend of The Seven Golden Vampires*）（1974）的时候，也经常喜欢听我说东方影艺的故事，但他本人不太出声，有点像戏里演的教授，真人比他面对的僵尸还要阴森。

常演大反派的李·范·克里夫（Lee Van Cleef），后来在意大利西部片中演了些角色，红了起来，也当主角。来香港拍外景时由我招呼，他当年已经酒精中毒，而且头已秃，剩下两边发角。大醉之后叫醒他拍戏，他迷迷糊糊，抓了头顶上那块假发就贴上去。贴反了，由我指出，他一望镜子，哈哈大笑。一站在镜头前，即刻非常清醒，一拍完，醉态又生，是注定吃演员这一行饭的人。

接待来邵氏片厂的人还有喜剧大明星丹尼·凯耶（Danny Kaye），他是带着一个男伴来的，是个秃头大胖子，被他一直指指点点大骂，像一个受委屈的老婆。当年同性恋还不被接受，要是给传媒揭发了，就当不了联合国儿童基金会大使。

本尼·希尔（Benny Hill）来过，平时人颇正经，一有记者拍照，即刻扮滑稽相，记者把相机放下，他又板起脸孔。过后不久，就去世了。

印象最深的还是王妃格雷丝·凯利（Grace Kelly），当年来港参观，身体已臃肿，但笑脸依旧，和摩洛哥国王一起左看右看，似乎对电影已不感兴趣了。有很多人不识趣，不断地要求合照，起初还保持笑容，后来人实在太多，略略地皱了一下眉头，王妃典范，还是保持住了的。

除了尼姆活到差不多一百岁，其他人物俱往矣，梦工场中有他们的足迹，在我脑里也留了深痕。

做制片人，是怎样的体验

人家问我："你是干什么的？"

"制片。"我说。

"什么？"

"制片，电影的制片。"

"什么叫制片？"这是必然的反问，"主要是做些什么工作？"

是的，什么叫制片呢？有时干我们这一行的人都搞不清楚。

最原始的定义，制片是由一个主意的孕育，将它构思成简单的故事，请编剧写成分场大纲，再发展至完整的剧本。同时间内，制片接洽适合此戏种的导演、演员和其他工作人员，计算出详细的预算。定了制作费之后，便开始制作。拍摄期间，任何难题都要制片解决。直至拍成，善后的配音、印拷贝，连海报亦要参与意见，一直到安排发行、贩卖外国版权、片子在戏院上映为止，无一不亲力亲为。笼统来说，是校长兼敲钟人。

"那么邵逸夫、邹文怀等，算不算是制片呢？"有人问。

邵先生和邹先生各自拥有片厂，一年制作多部电影，无法对每一个细节都去花时间研究，就交给别人去处理，他们只做决定性的选择。通常，外国人称之为"电影大亨"。我们的地区，在广告和片头字幕里冠上"监制"之头衔。

"那么，监制就是老板了？"你又问。

这倒不一定。监制可能是一个维持电影制作水平的人。他们在故事和剧本上参与意见，控制制作费用，把完成的电影交给出钱的老板，自己领取监制费，或者在总盈利上分到花红，或者在制作费上参加股份。像《神勇双响炮》就是洪金宝"监制"的。

"片头字幕上的出品人呢？那是什么？"

出品人倒多数是"出钱人"了。这些人有的懂电影，有的不懂电影，他们看中一个剧本，或一个导演，或一个明星，做出投资，其他一切却不去管，交给"监制"或者"制片"。片子上映时，总不能在字幕上写明"老板"，所以电影界发明了"出品人"这名称。

"制片既然不是出品人，又不是监制，那么他们的地位是很低微的了。"有的人还是不明白。

要是一个制片没有主见，受到老板和导演左右，替双方打打圆场，跑跑腿，这种制片的确很可怜。这种人不应该被称为"制片"，而只是一个大"剧务"。

"剧务又是什么呢？"

剧务应该是制片的助理，负责安排交通、盒饭、派通告通知演员集合的时间，等等，在一部电影的创作上，亦费了精力。

"制片要替老板控制预算，那不是非要和花钱的导演打架不可？"

导演和制片之间的关系，应该像个夫妇档。制片必须了解导演的创作意图，帮助他们，令导演的想象力变成形象，化为现实。如果斤斤计较地在每一位导演的要求上讨价还价，那只会影响导演的情绪，妨碍他们的创作。

有些个性比较单纯的导演，以为一抓到拍戏的机会，便要求一切尽善尽美，不管投资者的死活，不顾预算的高低，明明不是重点的戏，也当主要戏目去拍，怀着万一片子太长，可以一刀剪掉的私心，拍个没完没了。这时候，制片要是不会全面性地顾及，整盘计划就要崩溃。所以，他必须向导演申明大义，防止导演胡作非为。

反之，有的导演太注重预算，主场戏也马虎处理的话，那么制片必须请他们多花时间和心思去拍摄。这时花钱的不是导演，而是制片了。

应花的花，应节省的节省，这是制片必须做到的基本工作。这句话说起来容易，执行起来是非常困难的。哪里是界限？全凭制片对电影的了解是否足够，眼光是否远大。

导演也是人，有他们的自尊和信心。人都有犯错的时候，不顾及导演的情感而当面斥责，坏处必然反映在作品上。让这现象发生，是制片的错。故制片唯有和导演的关系搞得密切，一如新婚夫妇那么如胶似漆，又要在家公家婆（即公公、婆婆）面前搞得体面，才能得到亲戚们的赞赏。

"制片用什么标准去挑选演员呢？"这也是常被发问的项目。

答案当然是以哪一个演员的性格最适合那一个角色为基本。接着，制片要考虑到这个演员对卖座有没有帮助，这也非常现实，不能自欺欺人的。

他们的片酬是否合乎预算，也是个头痛的问题。钱方面算是解决了，他们是否能够和拍摄日子配合？

制片被迫放弃某个理想的演员，心里也会有阴影，但在无可奈何之下，必须和导演商量改用一名次要的演员时，考虑采用新人。

用新演员是一种极大的赌博，需要勇气、胆色以及眼光。他们的片酬是相对低了，时间上也容易控制。但是花在磨炼新人身上的金钱、时间和心血，到头来你会发现和请既成名的演员是一样的。但是在卖座上的风险也大了。不过，培植一个新人冒起，那种满足感是无法去形容的美妙。

"制片用什么标准去挑选工作人员呢？"

这主要是靠经验了。

在一部片子的制作过程中，你会发现一组工作人员中常有些庸才。

制片将把这些人过滤、淘汰，剩下一组精英，一人身兼数职。热爱电影和相处随和的工作人员，能影响片子的进度以及拍摄中的愉快气氛。整组人是个巨大的齿轮，任何一处不对，都能拖慢制作，破坏片子的旋律。

有的副导演和服装师是死对头，但两人皆为一流高手，那制片就要自掏腰包请他们喝老酒、猜花拳。

喝酒不一定行得通，因为有些平常很乖顺的工作人员，醉后必然大打出手。这种情形之下，只好带他们换个地方娱乐。

在本地工作还好，但一组人到外国拍戏，一拍就是一年半载，那么，什么人性缺点都暴露出来，本身就是一部恐怖片，一个疯人院。

这时候，唯有容忍才能解决问题。容忍更是最难做到的，到了外地长住下来，缺点最多的往往是制片自己。

"如果你有选择，你愿意当出品人、监制，还是制片？"朋友问我。

我的答案还是当制片。

不懂电影，出钱的出品人和银行贷款没有什么分别；懂得电影，做重要决策的出品人对一部电影没有全面性的照顾，感情也跟着减少。

监制和制片其实应该是一体的。

制片的工作更详细地分析非常非常的繁杂，先要了解整个电影界的局面，知道外国和本地的市场，他们还要明白片子发行的途径，那又是一门很深的学问。

他们必须取得出品人、导演、演员和工作人员的信任。每一个人都有自己的脾气，把一群对电影狂热的疯子集合在一起，而令大家不互相残杀，变成一体地工作，是个艰巨的任务。

投资者有时会提出匪夷所思的建议，制片需要坚决地站在自己的岗位上，不卑不亢执行自己的工作。成功了不能骄傲，失败了要勇敢地承认自己的错误。

制片应该也会导演。至少，他在谈剧本时必须和导演一块将一场戏在脑中形象化，判断是否能得到预期的效果。至少，他在整个剧本里必须和导演一块在脑中"看"完一出戏。

制片应该每天看导演拍摄出来而未完成的影片，并且要会将一个个零碎的镜头组织起来，了解这场戏是多出或是缺少了什么镜头。

"我们在这里加一个特写，是不是更有力？"制片问导演，"当然，还是以你的意见为主，由你去决定。"

如果导演还是一意孤行，那你又知道少一个特写不影响到整体的戏时，制片只有装聋作哑。

但是，这个特写是决定性地会令整体的戏更好时，制片必须坚持。

坚持也是很难的，与导演争论得脸红耳赤是低招，命令更是低低招。

最好是说服摄影师、灯光师，甚至于服装、道具，让他们向导演左一句右一句，到最后让导演来和制片说："这个特写是我自己也要加的。"

"制片不是生下来就会的，要怎么样才能当上制片？"对电影有兴趣的年轻人问。

当制片没有什么学校教的，只要有志向和累积的学习。制片最好由小工做起，先是场记、副导演，或是由剧务的跑腿，行内所谓的"蛇仔"，慢慢升到剧务、助理制片。他们要懂得电影制作中的每一个过程，摄影、灯光、服装、道具、剧照、化妆，等等，才能略有当制片的资格。

在这过程中，制片了解了各部门所需的器材和它们的性能。单说摄影，制片就要知道什么情形之下用大机器米切尔（Mitchell），什么情形之下用小机器阿莱弗莱克斯（Arriflex）。阿莱弗莱克斯也分二C号者，只可拍摄事后录音片子，因为一开机就吵个不停。三号和BL型就能同步录音，它们很静，但市面上没有几副，制片要能一个电话就打到可以租赁的地方。什么情形之下，可以说服导演和摄影师用二号机，什么情形之下，挪移制作费去租昂贵的沙龙公司代理的潘纳维申机（Panavision）。

镜头有快慢，夜景时用快镜头可以省下灯光器材的租金和打光的时间。这时候，是否要配合采用感亮度强的底片？底片之间，要用柯达的还是富士的？后者较便宜，但需要考虑和整部片的色调是否统一？微粒会不会太粗？底片经过一段时间储藏会有褪色的现象吗？这又要涉及暗房冲印技术了。哪一家最好？哪一家能够帮助摄影师"推"高一个光圈或两个光圈，而微粒照样不变？这一家暗房，能不能够做到摄前曝光或摄后曝光，以让片子有一种朦胧而怀旧的效果？本地不行，是否拿去东洋或东京或东映现像所？寄到澳大利亚？或者英国兰克？或者好莱坞的电影实验室公司？他们的价钱要比本地暗房贵多少？我们是否有这种时间和金钱上的预算？进一步，又关联到是用新艺综合体拍，还是用标准方式？用标准方式，是用一比一点八五，还是一比一点六六？前者太过窄长，重叠中英文字幕占去太多的画面，还是一比一点六六比较适合我们的电影，一点六六的画门和磨砂玻璃难找……

永远是问题。

"你讲的东西都太专业，烦死人了，还是谈些有趣点的吧！你们做制片是不是常有女明星跟你们上床的？"朋友嬉皮笑脸地问。

咬大雪茄，双手拥抱两个金发肉弹美女的制片，只是漫画型的幻觉。

我们做制片的宗旨，是不在吃饭的地方拉屎。

"你想不想当导演？"朋友问。

当然想喽。不过，导演的工作范围，的确是来得比制片小。导演负责搞好剧本，选择演员、分镜头、拍摄、剪辑配音与善后工作，完成后参加记者招待会。他们不必考虑海报的设计、剧照的选择，预算超出又怎么办。他们也免除卖版权、组织发行网，还有种种人事上的困扰和麻烦。

制片人的问题发生不完，他们过关斩将地一一解决，快感在这里产生。同时，在实习过程中，也照样遭遇到种种的挫折和苦恼。许多制片的酒量都不错，因为在他们爬上来时任劳任怨，只有事后孤独地借酒消愁，酒量都是那个时候训练出来的。

"听你讲得那么好玩，我也想当制片。"朋友发言。

我要警告他，制片人多数有个悲剧性的宿命。人生注定有起有落，所制的电影赚个满钵的时候当然意气风发，但一连三部不卖钱的，就没有人问津。聪明的制片人多数先搞好发行和经营戏院，变成所谓的电影大亨。如果你做不到，那你要学会在低潮时还默默耕耘，静观自得地挨过这个难关。最好有个副业，像写写专栏。

上面所讲的只是些个人的唠叨，大部分只是吹牛。做制片我还是个小学生。

本地杰出的制片人不少，希望他们完成我办不到的心愿。

当成玩的，什么事都可以做

和倪匡兄闲聊："《天地日报》将我写你的稿子抽出来，要集成一本叫什么《倪匡与蔡澜》的书，你认为怎样？"

"太好了。"他说，"由老友写自己，有什么比这个更快乐的事？要不要写序？"

"你老兄不是说停笔了吗？"

"有什么问题？请出版社派人来家里等着，我一下子就能写好。"

"现在还在编辑，想不到一写就有一百多两百篇，当成一册太厚了，分两本又嫌麻烦。"

"怎么出都行，要做就做。"倪匡兄说。

我这个人的想法也和他一样，说做就做了。既然他不反对，就能成事。

"以前也有几本《倪匡传》之类的书，现在都绝版了。"

"也没什么好看的，绝版更好。"他说，"传记一本正经来写，没什么看头；写来赞美一个人，更是虚伪；写来骂人，都是传记作者想标新立异，不值得看。"

"那么人物自己写自己呢？"

"除了拼命往脸上贴金，还有什么可读的？人一世，总有黑暗的一面，都想把它埋葬，挖出来干什么？"

"能卖钱啊，像克林顿（Bill Clinton）的《我的生活》（*My Life*）就赚个满钵。"

"那是欧美才能做到，那边没有翻版，一下子卖上几百万本，捞一笔也不错。反正那些政治家说的话没有一件是真的，从头到尾，都是骗人。"

"东方呢？"

"看书的人愈来愈少，你说能卖得了多少本呢？"他问。

"说得也是，不如叫《天地日报》打消这个主意吧。"

倪匡兄笑了四声："大可不必，当成玩的，什么事都可以做。"

就那么决定，趁这几天得空，把书编好。

穿起西装，总是庄重，好看

西装，已经被公认为国际性的男人衣服，不管什么国家穿什么传统服装，西装，总是最正统、最被大众接受的。穿上一套整齐的西装，是向对方致敬，成为一种礼貌。

自从西装发明以来，变化并不太大，考究起来是十八世纪开始的，将永远地流传下去吧。

西装基本的结构是上衣和裤子，里面穿着衬衫，打条领带，即成。

上衣有时三粒纽扣，有时两粒。大关刀领子的双排扣西装则有四至六粒纽扣。两边袖子上各有一排纽扣，一、二、三、四粒不等，但是一点用处也没有，据说是防止人家拿袖子来擦嘴，但这个理论有点疑问。不过，高级的西装，袖子上的纽扣是应该可以扣上或解开的；如果只是钉上去作装饰，那么这件西装好极有限。

隆重一点的场合，可穿三件头的西装，背心的布料当然要和西装相衬，但也限于前面，背面要是也用西装布，就显得臃肿了。

领子大有学问，有时流行阔，有时流行窄，适中的衣领，永远不跟流行，可以一直穿下去，是最佳的选择。从前盛行由上海师傅或广东师傅手工做西装，前者的手工费要比后者高一倍，但当今已经不再请裁缝做西装了，道理很简单，本地裁缝的西装，经折叠，领子便出现皱纹，久久不退。欧洲做的西装，经油压处理，领子永远是挺直的，就算夏天热了脱下来钩在手臂上，有点皱痕，但是穿一阵子，或挂起来，领子便很快地恢复原状。所以现在大家都去买西装，中国裁缝剩下没有几个。

但是在欧洲，手制西装还是最昂贵的，各个名厂都可以为客人度身定制，当然，价钱要比买的至少高出一倍以上。

手工方面，意大利做得又好又便宜，所以名厂只负责设计，在意大利裁剪，英法西装的后领，都有"意大利制造"的文字。

瑞士的手工也不错，价钱比意大利高，Ermenegildo Zegna牌子的西装，多是瑞士制造的。

其他法国名牌如Dior、Hermes、Lanvin、Chanel等，都是意大利手工。

英国Dunhill西装最传统了，他们的深颜色西装不太改花样，近年来只有衣扣上有个新设计罢了。Dunhill的西装不厚不薄，四季可穿，不便宜，但物有所值。

看起来，所有厂家的西装都是一样，但穿起来就不同，有些公司的肩是斜的，高瘦的人穿起来就不好看，斜肩西装只适合运动家型的男性穿。

买西装并不一定合身，袖子的长短是最大的问题，每家名牌店都会有专用师傅为你更改。长短不是把袖口切掉，这一来，纽扣的位置就不对了，长短是在连肩的部分改的。

整件上衣分Long Cut、Short Cut，前者适合高瘦的人，后者为矮子而设。

背部长得畸形的人可以由中间放开或收缩，这也大有学问，一件名贵的西装，要是经过一个下等的师傅一改，就泡汤了。

裤子是留着裤脚，依客人的脚长折缝。裤头也可以收放，但是多少限于一英寸左右。太大太小，都不能超过一英寸，否则便要换一个号码的尺寸才能穿得下。

便宜的西装几百元到一千多元就能买到，贵的一万多，很少超出两万的，和女人的衣服比起来，男人还是着数（粤语，意为捞到便宜）。

买西装的秘诀在于其料子上乘，不跟流行的话，趁每年两三次的大减价去买好了。每年添个一两套，累积起来，已经够穿。不过也有条件，那便是不能吃得太胖，否则所有西装都穿不下去，便要花费一笔钱去买新的。

不管你怎么讨厌穿西装，但是一穿起来，整个人就是不同，只要身材不是太肥或太瘦，穿起西装，总是庄重，好看。

穿衣服还是要自己喜欢

遇到一个认识的人。

"好久不见。"我打招呼。

"我倒常看到你。"他说,"你穿着拖鞋和短裤,在旺角跑。"

去菜市场买菜,穿西装打领带,不是发疯了吗?

衣着这问题,最主要的还是看场合。更要紧的,是舒不舒服。

在夏天,洗完澡后,我最喜欢穿一件印度的丝麻衬衣。这件东西又宽又大,又薄又凉,贴着肌肤摩擦的感觉说不出的愉快。第一次穿过后,我便向自己发誓,在自由自在的环境下,热天穿的衣服不能超过二两。

见人、做事时,服装并非为了排场。整齐,总是一种礼貌,这是我遵守的。我的西装没有多少套,也不跟流行,料子倒不能太差,要不然穿几次就不像样,哪里能够一年复一年?

衬衫、领带的颜色常换,就可以给人一种新鲜的感觉。那几套东西穿来穿去都不会看厌的。

对流行不在意的时候，那么大减价的衣服只要质地好，不妨购买。价钱绝对比时髦者便宜。

对于跟不跟得上潮流不在乎的时候，买东西便能更客观，更有选择。

贵一点的领带是因为料子好，而且不是大量生产。便宜的打几次就变成咸菜油炸粿，到头来还是不合算的。那么多花样的领带怎么去挑选呢？答案很简单，一见钟情的就是最理想的。走进领带商店，第一眼就把你打昏的领带千万不要放过。如果一大堆中挑不到一条喜欢的，那么还是省下吧。

总之，不管穿西装也好，穿牛仔裤也好，穿自己要穿的，不是穿别人要你穿的。这是人生最低的自由要求。

以一条领带，看男人的品位

西装中的领带，和袖口的三粒纽扣一样，一点用处也没有。

领带不可以当餐巾擦嘴，绑住颈项，唯一实际的用途，是给八婆们拖着走罢了。

选择、购买、配色的过程，倒是乐趣无穷的。

西装已被全世界接受为男士的基本服装，领带是必需品。买了一套西装，选一条领带的观念，已经落伍；看中了领带，再衬西装才对。

走进领带商店，数百条数千条，看得眼花缭乱，但是应该挑选的，是第一次进入你眼中的那一条，要令你慢慢地考虑的，还是不买为佳，购入后也不会喜欢的。

穿净色的西装，适合配一条彩色缤纷的领带；反之，有条纹的外套，就衬单调的领带，这是第一原则。

什么领带才是最好的领带？

首先，一制数千条，同样花款的领带，绝对要避免；第二，质地不能太差。

上等领带并不一定是名牌货，但是与其买条便宜的，不如投资在贵一点的。高价领带多数用人工挑线，绑了又绑，一挂起来还是笔挺，和新的一样，一用十多年。

便宜领带结了一次，皱纹迟迟不退，用过数次，已经像条隔夜油炸粿，到后来，丢掉的领带加起来的钱，比一条好领带还贵。

名牌领带有它的好处，Mila Schon质量最高，尤其是它的双面领带，用上一生一世，永不旧废。旅行的时候，带上三条，便可以当六条来用，但是价钱也要双倍之多。可能是太过耐用，近来已经不常见，同厂出品领带，特色是它的边，不管多花里花绿（即花里胡哨），边总是净色，这个构思由双面领带创造，双面领带因不能折叠，所以只有用暗线内缝，有条隐藏着的边。有边的Mila Schon领带，价钱比一般的贵，但质地水平降落，已不堪结了。

Dunhill的西装值得穿，可是它出产的领带设计保守不算，料子用得太厚，不是上品。Lanvin也有同样毛病，花样倒是活泼了许多。其他名牌如Chanel、YSL、Nina Ricci、Celine等，偶有佳作，平均起来，皆水平不高。

最鲜艳最醒目的是Leonard领带，它有一系列的花卉设计，带点东方色彩，给人留下一个深刻的印象，价钱不菲，但是这种领带只能结一次，第二回就有似曾相识的感觉，料子多好，也没有用了。

也有人喜欢结领花而不爱打领带，但是领花总给人一种轻浮、好大喜功的感觉。有位出版界的朋友就一直打领花，而且是用领夹的那种，看着极不舒服。

领花只适合在穿"踢死兔"（"tuxedo"的音译，指燕尾服）晚礼服时打，但是不宜太小，领花一小，人就显得小里小气。

领带针曾经流行过一阵子，现在已经少有用这种小装饰，偶尔用之还是新鲜的，但是横横地来一条金属领带夹，就俗气得很，高贵的有种珍珠针，扣在后面，领带前两颗简简单单的珍珠，蛮好看的。

和西装的领子一样，领带的大小最好不要跟流行，关刀一般的领子和领带，一下子就消失，细得像条绳子的也只在六十年代中出现过一阵子。适中的领带，永远存在下去，只要有西装的一天。

男人的品位，从一条领带便能看出，当然这不是价钱问题，非名牌的领带，质地好的也很多。基本上，不要太过和西装撞色就是了，没什么大道理，但连这种小节也不注意，穿牛仔裤去好了，别装蒜。

要提防结大青大绿领带的男人，这种人俗气不算，还很阴险。

买领带也不全是男人的专利，女人买领带送男人，也是种学问。通常看男友喜欢穿什么颜色的西装，就买条颜色相近的送给他好了，要是他喜欢你，皱得像条咸鱼也照打，不然Mila Schon看起来也讨厌。

最高境界是当年上海的舞女，她们会叫火山孝子[1]为她们做旗袍，"冤大头"以为旗袍算得了几个钱？一口答应。哪知一看账单，即刻晕掉，原来她们做的旗袍虽然只是普通的黑色绸缎，不过一做就是同样三件，早、中、晚穿，绣的是一朵玫瑰，早上花蕊含苞，中午略露花朵，到了晚上的那件，鲜花怒放。

男人正要抗议之前，舞女说还有件小礼物送给你，打开小包裹一看，原来是三条同样黑色绸缎的领带，绣着早、中、晚三款相同的玫瑰，用来陪着她上街结的。火山孝子服服帖帖地把钱照付，完全地投降。

挑选领带还带有一个定律，那就是夏天要轻薄活泼的，冬天不妨厚一点，沉着一点，棉质和毛织的都能派上用场。一反此定律，不但不美观，还热个半死。

厚料子的领带，不宜打繁复的温莎结，它要三穿一缚才能打成，一打温莎结，结部便像个小笼包，只能打简便的"美国结"。话说回来，温莎结打起来是个真正的三角形，实在好看，但是现在的人，已经没有多少人会打。

当然，穿惯牛仔裤的，连美国结也不会打的也不少，只有求助于旁人。也有人只会替别人打领带，自己不会打。这种人，多数在殡仪馆工作。

1　火山孝子，香港俗语，指经常流连烟火场所捧风月女子及销金的人。

看这些领袖人物的衣着玄机

　　不管你喜不喜欢"狂人"卡扎菲，他的衣服是精心设计的。

　　他的服装除了衬衫和裤子，必定加一件披肩和一顶帽子。每次上镜之前，有一些花絮镜头，可以看到他左整理右整理，发型看起来凌乱蓬松，也是设计过的，务求做到最佳造型不可。

　　最后的一次，可能是神经愈来愈错乱，竟然穿了一身金色的，俗不可耐。唉，多换几件吧，日子不多了。

　　和卡扎菲一比，他的儿子就不会穿衣服了，都是已经贪污了几千亿美金的家族成员，在衣服上的品位就不及老子。

　　比他更狂更邪恶的希特勒（Adolf Hitler），从他的纪录片中可以看到他的服装永远是整齐的，也亏得那副身材，并不臃肿，不然就没那么帅气了。

　　纳粹军服也是由他发起的，虽然犯下滔天大罪，但不得不说是军服有史以来最有威信的，后来很多国家模仿，就不三不四了。

　　已经下台的巴基斯坦军人领袖，当今名字也记不起的那位仁兄，对配色最有研究。有次他设计了一套像中山装一样的外套，是绿颜色，里面露出绿色领子，又叫电视台的灯光师把背景也打成浅绿色，才肯上镜。

见那一群非洲各国的独裁者，都穿笔挺的西装，那么炎热的天气，还是要忍。西装料子发亮，是带着些真丝织成，春夏秋冬皆可着，至少要一万美金一套。

一看就知道贵料子的话，还算是低招，最高超的是闷骚。你看已经下台的埃及总统穆巴拉克，他的细纹白色间条西装，原来藏着乾坤。那白色纹中绣着自己的名字，这种西装料子，订做起来至少二万五千美金一套。

最不花钱在服装上的是印度的甘地，白布一条，围上就是。这种节俭的精神当然值得推崇，但有时他把看医生的钱也省了，喝自己的尿为药，那就不太敢领教了。

最好的恤衫，是干净和挺直的

衬衫，又叫恤衫，样子很端庄；领子、袖口、中间整齐的一排纽扣，最滑稽的是在不穿裤子的时候看上去，前面两片翼，后面圆圆的一大块废布，样子古怪得很。

当然也不能全说是没有作用，它是做来防止恤衫由裤子里拉出来。可是老人家不懂这个道理，所以看粤语残片的时候，就有母亲用剪刀剪下来当手帕的场面出现，现在想起来真好笑。

二十世纪六十年代的民生穷困时期，恤衫料子真差，领子和袖口永远皱皱的，怎么烫也烫不直。当年要是拥有一件"雅路恤"，已经当宝了。

不过外来货的恤衫不是领子太大就是袖口太长，要买到一件合身的可真不容易，胖子、矮子更不必梦想。

大家唯有定做恤衫了。那时候手工便宜，定做就定做，没什么了不起。现在呀，连工带料，做一件不上千不算上等货，订制恤衫，已是种奢侈了。

目前现买的又便宜又好，一件七八十块的可穿两三年不坏，同样的恤衫，在口袋边绣上个名牌的假货，就要卖一百二十。

一百二十的也不一定是假，同样料子，同样手工，外国名牌在香港大量生产，拿到外国去，就要卖一千多块，贵个十倍。

名牌的追求，由上述的"雅路恤"开始，进步一点，就是"曼哈顿"了。

但是时装方面美国人总打不过欧洲。生活水平一提高，人们都争买"皮尔·卡丹"。

"皮尔·卡丹"这个厂本来蛮吃得开，后来什么东西都出，连香槟也安上这个名牌。货品大受欢迎之后，开始在内地大量生产，便不值钱了。

目前所有名牌都出恤衫，"仙奴""丽娜·李奇""路易·左丹""Polo"等，数之不清，但是并不是每家名牌的贵恤衫都好穿，像"登喜路"，他们的西装虽然做得很好，恤衫就一塌糊涂，领子袖口洗后变形，又回到皱皱的时代——刚刚学穿的那一件的样子。

自古以来，恤衫的变化并不大，最多是领子，长的、短的、纽扣的。

有一阵子，为了防止领子皱，还在领尖里面插了两支塑料签，相信还有些读者记得。

考究的时候，领尖各有一个小洞，可用一管金属的领口针穿起来，但是这种设计现代人嫌麻烦，已经被淘汰。

配"踢死兔"的恤衫最为奄尖（粤语，意为挑剔），领子是尖尖地翘着。

"到底领花是应该结在领尖的前面，还是后面呢？"这是一个大家都在讨论的问题。

八卦周刊常刊登什么Ball（即舞会）中的什么所谓的公子穿着"踢死兔"，有的把领花将领尖压得扁扁的结在前面，有的把领尖弄成两个三角形遮住领花，谁对谁错？

都错。

领花应该独立地结着，而领尖应该略微弯弯地翘在领花的前面。这个弯，大有学问，弯得不好，便是一片三角贴在颈项上，所以要完美地弄一个角度，须用一块薄如刀片的小熨斗，烘热了以后慢慢地把领子烫成一个理想的角度，才合标准。

纽扣当然不能用普通的，金属和钻石的纽扣太过俗气，金属底、黑石面的较佳，有套"登喜路"的古董纽扣，袖纽是两个袖珍的表，还算过得去。

恤衫的料子也占重要位置。

最普通是棉制的，本来不错，但不及丝那么轻柔地抚摸着你的肌肤。

丝制恤衫很贵，也很难烫得直，混合丝比较容易处理，但已廉价得多。

最高境界是穿麻。中国人以为戴孝才着麻，西方人比较会欣赏。没有一种料子比麻的感觉更好更舒服，一旦学会穿麻的恤衫，就上瘾，其他料子都不肯穿了。

麻易皱，可买同样大小和颜色的两件，上午和下午换来穿，才算得上考究。

至于"的确良"，唉，别提了，一流汗便像膏药一样地贴住身体。混合了腋下狐臭，哎呀呀，我的妈，三英尺之内，熏昏死人。

话说回来，什么恤衫都好，二三十块一件，穿在有自信的人的身上，和三四千一件的没有什么不同。

天下最好的恤衫，是一件干净和挺直的恤衫。

有颜色的恤衫要和西装及领带衬色才行，不然干脆穿白恤衫。

白恤衫最大的敌人是女人的口红。

请别尝试用牙刷涂牙膏去刷，绝对无效。

唯一的办法是挨到天亮，铺子开门后买一件新的同牌货更换，恤衫领子上的口红，是永远永远洗不掉的。

也许可以将恐惧化为生财之道，设计一件印有女人口红的恤衫，赚个满钵，一乐也。

穿衣服，要穿得快活逍遥

小时候穿开裆裤，随时就地解决，快活逍遥。唯一缺点是给蚊子叮，还有鹅子、鸭子看见了也不放过，追上来当虫啄，简直是噩梦。

到幼儿园便得穿短裤了。母亲还是不肯给你做条底裤，蹲下来由裤裆露出一小截，不太文雅，但是又何必在乎？

第一次穿底裤便以为自己已经是大人，骄傲得很。最初的底裤是件孖烟囱（粤语，指男士平角内裤），穿了起来，小弟弟不知道应该放在左边还是右边，迷惑了好一阵子。

开始有紧束的冒牌"Jockey"三角裤时，已知道梦遗是怎么一回事儿，朋友叫它"画地图"。小伙子精力充沛，画起来是五大洲，但觉难为情，半夜起身，把弄湿的底裤掷在床底下，继续糊里糊涂睡去。

第二天醒来，记起窘事，想偷偷地拿去洗。一看，哎呀呀！惹了一群蚂蚁。大胆狂徒，竟然前来吃我子孙，立刻捕杀。

念到初中，学校里的制服难看死了，逃学到戏院之前，先进洗手间换条新款长裤，看电影时更当自己是男主角，不可一世。

当年穿的是模仿猫王的窄筒裤，买的都不合身，多数嫌太宽，只有求助裁缝师傅，指定要包着大腿，一英寸也不多不少，穿了上来也不怎么像普雷斯利，至少裤裆中那团东西没人家那么大。

料子是原子丝"的确良"，拍起照片来亮晶反射，下半身像外星人。

原先在裤裆外有四颗纽扣，后来改为拉链，刚穿时不习惯，小解后大力一拉，夹住了几根毛，或者顶尖上的一小块皮，痛得涕泪直流，大喊"妈妈"。

跟着讲究叠纹。老古董裤子一共有四条折，叠纹是向内折的。新款一点的向外折，而且已经改为两条叠纹。最流行的还是学美军制服的，一条叠纹都不用。右边的裤耳下有个小袋子，已经不是用来装袋表，学会交女朋友之后，袋中可装另外一个橡皮袋，真是实用。

皮带渐渐消失，用的人很少，但裤子照样有五个裤耳，不穿皮带时露在外面一点用处也没有。裤扣多出一条长布条，穿皮带时盖住，也一点用处没有。

裤脚是折上的，经常有砂石掉到里面去，有时不见一个五毛硬币，也偶然在折叠处找得回来。人们嫌麻烦，裁缝师傅大刀一剪，裤脚平了。以为追得上时代，哪知古董时装杂志上早就有平脚裤出现过。

喇叭裤是二十世纪七十年代的"宠儿"，裤脚越来越阔。但是名牌货给某些人糟蹋掉，他们穿上之后觉得太长，喇叭裤的裤脚被剪，变成"不喇叭"。

裤脚变本加厉地"阔"，阔到遮盖住鞋子，配合上四英寸的高跟鞋，矮子们有福了。可惜这款裤子只流行一两年，又被打回原形。

最不跟时代改变的只有牛仔裤。大家都穿牛仔裤，穿到现在还是乐此不疲。但是牛仔裤不是人人穿得，要有一点点的屁股才行，梁家辉穿起来好看，其他平屁股的男人穿了就不像样。

牛仔裤最好配皮靴，像詹姆斯·迪恩穿的那种，帅得不得了，试想穿上普通皮鞋或是运动鞋，跷起脚来露出一截白袜子，是多么煞风景的事。

你一条我一条的牛仔裤，大家一样，就成了制服。人们求变，在牛仔裤上绣起花来，又钉上亮晶晶的铁片，或者贴上一块黄颜色的圆皮，画着一个笑嘻嘻的漫画。有些人更把裤脚撕成线，走起路来仿佛有两团东西在跳草裙舞。

这一个时期，香港人钱赚得最多。全球60%的牛仔裤都是Made in Hong Kong（意为香港制造）。

法国人、意大利人看得眼红——生意都被你们这班细眼睛的黄种人抢光，那还得了！他们绞尽脑汁，结果给他们想通了，利用雅皮士爱名牌的心理，他们生产了皮尔·卡丹牛仔裤、仙奴牛仔裤、迪奥牛仔裤。

香港怎么办？也没什么大不了，名牌货还不是照样在香港大量生产？而且香港人照样做名牌，赚个满钵。

时装的变迁永远是循环的，可笑的。

有一阵子又流行回四条向内折叠的裤子了，正当群众花大笔钱去买名牌时，你大可以到国货公司去找旧货，包管老土创时髦，而且价钱只有十分之一。

二十世纪末的今天，时装已越来越大胆了。你没看到报纸和杂志上经常刊登露出两颗乳房的设计吗？

女人暴露过后，男人跟着暴露，也许有这么一天，男人流行回穿开裆裤。这也好，女人一目了然地审定对方的条件，不必大花时间。

在这一天还没有到达之前，男式裤子一定会流行拿破仑式的窄裤子。大家都像舞台上的芭蕾舞舞蹈演员。

这时候，女性垫肩的潮流刚刚完毕，大家都把那两块树胶垫肩丢在地上，男人偷偷地把它们捡起来，塞在大腿之间，要不然，谁敢上街？

习惯，不容易抛弃

习惯，在人生里头，像个老伴，不容易抛弃。我穿了"骑师（Jockey）"牌的底裤数十载，黑颜色，纯棉制。忽然，有一天，发现到处找，再也找不到，恐慌起来。

欧美的百货公司不见，日本的也不卖了，回到香港，去老铺"永安"吧，很有可能发现些存货，但是白颜色的还有几条，黑的免问。

"骑师"已经是一间衰老的厂，从前发行到世界各地，当今被所谓的名牌挤掉，CK占的位置最大，欧洲各服装店也生产，最好笑的是格子牌，连底裤也不放过，打上格子。

找不到惯用的，唯有试别的牌子，我见到就买入，每一种买一条，但是都没有"骑师"牌的舒服。

有一天给我在澳大利亚的商店中见到，大喜，立即买了三打，回来一穿，虽然是黑色，但是设计已改，前面加了一个像袋鼠的包包，每次上洗手间都要把命根子掏出来，用完再塞回去，很不方便，又太狭窄，弄得全身不自在。其他三十五条，送人也没人家要，白白浪费。

为什么不在计算机中查骑师厂的网址？忽然头上亮了一个灯，就请友人找去，款式和颜色都对，而且有现货，好极了！

骑师厂的回复是：敝厂不为外国客人服务，只能寄到美国本土。好，本土就本土，想起老同学刘奇俊的儿子住在纽约，以彬这个孩子从小爱看我的书，老叔伯麻烦他，不算过分。电邮中，以彬小侄说已经寄出。等了好久，原来香港地址写错，又寄回纽约，现在他再次寄，不知什么时候才能到手。

万一收不到，我还有最后一招。这次在大阪的 Tokyu Hands[1] 已经找到一瓶黑色染料，随时可以买些白的，下点功夫，就能寻回"老伴"。

1　是日本一家专门售卖手工制作用品的连锁居家生活百货公司，2022 年更名为"HANDS"。

第三章

吃喝玩乐，才最有学术性

大吃大喝也是对生命的尊重

作家亦舒在专栏感叹："莫再等待明年。明年外形、心情、环境可能都不一样，不如今年。那么还有今天，不为什么，叫几个人大吃大喝、吹牛搞笑，今天非常重要。"

举手举脚地赞成。

旁观者不拍手，反而骂道："大吃大喝？年轻人有什么条件大吃大喝？你根本就不知道钱难赚，怎么可以乱花？"

花完了才做打算，才是年轻呀。骂我的这个人，没年轻过。

年轻时挨苦，是必经的路程。要是他们的父母给钱，得到的欢乐是不一样的，我见过很多青年，都不肯靠家里。

我想，能出人头地的，都要在年轻时有苦行僧的经历，这样所得到的，才能珍惜。对于人生，才更能享受。

所谓的享受，并非荣华富贵，有些人能把儿女抚养长大，已是成绩，有些人种花养鱼，已是代价。

今天过得比昨天快乐，才是亦舒所讲的"重要"。而这种快乐并非不劳而获，这是原则。

当然有些人认为年纪一大把，做人没有什么成就，但这只是一种想法，是和别人比较的结果。就算比较，比不足的，什么问题都能解决。

大吃大喝并不必花太多的钱，年轻时大家分摊也不难为情。或许今天我身上没有，由你先付，明日我来请。路边档熟食中心的食物，不逊于大酒店的餐厅，大家付得起。

亦舒有时也骂我，一点储蓄也没有，请客把钱花光为止。这我也接受，只想告诉她我并不穷，也有储蓄，是精神上的储蓄。我的储蓄，老来脑中有大量回忆可供挥霍。

活着，大吃大喝也是对生命的一种尊重，可以吃得不奢侈。银行账户中多一个零和少一个零，根本上和几个人大吃大喝无关。

吃，也是一种学问

有个聚会要我去演讲，指定要一篇讲义，主题说吃。我一向没有稿就上台，正感到麻烦。后来想想，也好，作一篇，今后再有人邀请就把稿交上，由旁人去念。

女士们、先生们，吃，是一种很个人化的行为。什么东西最好吃？妈妈的菜最好吃。这是肯定的。你从小吃过什么，这个印象就深深地烙在你脑里，永远是最好的，也永远是找不回来的。

老家前面有棵树，好大。长大了再回去看，也不是那么高大嘛，道理是一样的。当然，目前的食物已是人工培养，也有关系。怎么难吃也好，东方人去外国旅行，西餐一个礼拜吃下来，也想去一间蹩脚的中菜厅吃碗白饭。洋人来到我们这里，每天鲍参翅肚，最后还是发现他们躲在快餐店啃面包。

有时，我们吃的不是食物，是一种习惯，也是一种乡愁。一个人懂不懂得吃，也是天生的。遗传基因决定了他们对吃没有什么兴趣的话，那么一切只是养活他们的饲料。我见过一对夫妇，每天以即食面（即方便面）维生。

喜欢吃东西的人，基本上都有一种好奇心。什么都想试试看，慢慢地就变成一个懂得欣赏食物的人。对食物的喜恶大家都不一样，但是不想吃的东西你试过了没有？好吃，不好吃？试过了之后才有资格判断。没吃过你怎知道不好吃？吃，也是一种学问。这句话太辣，说了，很抽象。爱看书的人，除了《三国演义》《水浒传》和《红楼梦》，也会接触希腊的神话、拜伦的诗、莎士比亚的戏剧。

我们喜欢吃东西的人，当然也须尝遍亚洲、欧洲和非洲的佳肴。吃的文化，是交朋友最好的武器。你和宁波人谈起蟹糊、黄泥螺、臭冬瓜，他们大为兴奋。你和海外的香港人讲到云吞面，他们一定知道哪一档最好吃。你和台湾人的话题，也离不开蚵仔面线、卤肉饭和贡丸。一提起火腿，西班牙人双手握指，放在嘴边深吻一下，大声叫出："mmmmm。"

顺德人最爱谈吃了。你和他们一聊，不管天南地北，都扯到食物上面，说什么他们妈妈做的鱼皮饺天下最好。政府派了一个干部到顺德去，顺德人和他讲吃，他一提政治，顺德人又说鱼皮饺，最后干部也变成了老饕。

全世界的东西都给你尝遍了，哪一种最好吃？笑话。怎么尝得遍？看地图，那么多的小镇，再做三辈子的人也没办法走完。有些菜名，听都没听过。对于这种问题，我多数回答："和女朋友吃的东西最好吃。"

的确，伴侣很重要，心情也影响一切，身体状况更能决定眼前的美食吞不吞得下去。和女朋友吃得最好，绝对不是敷衍。

谈到吃，离不开喝。喝，同样是很个人化的。北方人所好的白酒，二锅头、五粮液之类，那股味道，喝了藏在身体中久久不散。他们说什么白兰地、威士忌都比不上，我就最怕了。洋人爱的餐酒我只懂得一点皮毛，反正好与坏，凭自己的感觉，绝对别去扮专家。一扮，迟早露出马脚。

应该是绍兴酒最好喝，刚刚从绍兴回来，在街边喝到一瓶八块人民币的"太雕"，远好过什么"八年""十年""三十年"。但是最好的还是香港天香楼的。好在哪里？好在他们懂得把老的酒和新的酒调配，这种技术内地还学不到，尽管老的绍兴酒他们多的是。我帮过法国最著名的红酒厂厂主去试天香楼的"绍兴"，他们喝完惊叹东方也有那么醇的酒，这都是他们从前没喝过之故。

老店能生存下去，一定有它们的道理，西方的一些食材铺子，如果经过了非进去买些东西不可。像米兰IL Salumaio的香肠和橄榄油，巴黎的Fauchon面包和鹅肝酱，伦敦的Fortnum&Mason的果酱和红茶，布鲁塞尔的Godiva的朱古力（即巧克力）等。鱼子酱还是伊朗的比俄国的好，因为抓到一条鲟鱼，要在二十分钟之内打开肚子取出鱼子。上盐，太多了过咸，少了会坏，这种技术，也只剩下伊朗的几位老匠人会做。

但也不一定是最贵的食物最好吃，豆芽炒豆卜（即豆腐泡），还是很高的境界。意大利人也许说是一块薄饼。我在那波里（即那不勒斯）也试过，上面什么材料也没有，只是一点番茄酱和芝士，真是好吃得要命。有些东西，还是从最难吃中变为最好吃的，像日本的所谓什么中华料理的韭菜炒猪肝，当年认为是咽不下去的东西，当今回到东京，常去找来吃。

我喜欢吃，但嘴绝不刁。如果多走几步可以找到更好的，我当然肯花这些工夫。附近有家藐视客人胃口的快餐店，那么我宁愿这一顿不吃，也饿不死我。

你真会吃东西！友人说。不。我不懂得吃，我只会比较。有些餐厅老板逼我赞美他们的食物，我只能说："我吃过更好的。"但是，我所谓的"更好"，真正的老饕看在眼里，笑我旁若无人也。谢谢大家。

香烟的优雅和高贵

抽香烟，已变成一种罪恶。

一切抽烟的行为都要被赶尽杀绝，天下政府将定重罪来惩罚吸烟者，但是没有一个国家全面禁止。拿破仑早已说过类似的话：这种罪恶带来十亿法郎的税收，你能找一种功德代替它，我即刻禁烟。

电视上再也看不到香烟的广告，但许多大型的活动还是由烟商赞助，"万宝路"化身为衣服来告诉人家它的存在。要让香烟完全销声匿迹，我想永远做不到。

好莱坞自律，虽没明文规定，但也再不让男女主角抽烟了，只有反派才能吞云吐雾。再见了，堪富利·保加。永别了，占士邦。

香烟的优雅和高贵的印象，被雪茄代替，美国人最崇拜的领袖肯尼迪是抽雪茄的。当今的巨星如罗伯特·德尼罗（Robert De Niro）、阿诺德·施瓦辛格（Arnold Schwarzenegger）照抽不误。雪茄也变成妇权运动的武器，禁烟是她们搞出来的，抽雪茄也由她们卷起旋风。麦当娜在大卫·莱特曼（David Letterman）的深夜节目中大抽雪茄，男男女女没有人攻击她。

我们这群老不死的写作人还是不肯放弃香烟，它的确能带来宁静和灵感。谈香烟和大众对立太过枯燥，还是提一提美女米歇尔·菲佛（Michelle Pfeiffer）的名言吧：

"我绝对不反对吸烟，因为坐下来吃饭时，一桌人的言论最有趣的，还是那个吸烟的家伙。"

作家马克·吐温也曾说过大意如此的话："戒烟是我认为最容易做到的事：我应该知道，因为我已经戒过一千次了。"

名女人弗洛伦斯·金（Florence King）老了之后说："对于性，现在我唯一怀念的是事后那根烟。"

我们这辈子人最顽固，你愈禁我们愈想抽，虽然二手烟害不害人还没证实，但没得对方同意我们不会抽。我们享受的是自主权，不管那是对我们好的，还是坏的。

男人抽起雪茄，是天下最好看的

男人抽起雪茄，是天下最好看的。对懂得欣赏的旁观者来说，简直是种视觉的享受。而且燃烧中的雪茄烟，比任何男性化妆品都要醇厚和香郁。能够与雪茄匹敌的，只剩下陈年佳酿的白兰地。

对抽雪茄，本人，除了味觉，是充满自信的成就感。你如果担心烟味会弄臭友人的客厅，或自己家中卧室，那你已经没有资格抽雪茄了。试想，谁会怪丘吉尔呢？

抽雪茄的第一个条件是拥有控制时间和局面的自由。

拼命吸啜，怕雪茄熄灭，已犯大忌。

紧张地弹掉烟灰，更显得小家子气。应该让烟灰烧成长条，看看它是否均匀，即能观察这根雪茄是不是名厂的精心炮制。像水果一样，烟灰熟透了便会在适当的时候掉入烟灰缸中。最基本的，还是把每一口烟留在口中慢慢玩赏，多贵的雪茄也有不吸啜的过程，看着袅袅的长烟，浪费雪茄，也浪费时光，天塌下来当被盖，便自然地培养了抽雪茄的气质。

错误的观念是：会抽雪茄的人，雪茄一定不会熄灭。所以像抽香烟一样地深吸，赶着见阎王般把整根雪茄抽完，口水弄得雪茄像泡渍黄瓜，喉咙似被济众水[1]浸过，脸上发青，咳得头脑爆裂，真是可怜。

雪茄熄了就让它熄了嘛，有什么规矩说不能熄灭的？熄后重燃，会增加尼古丁的传说也是骗人的，没有科学根据。熄灭后的雪茄，轻轻地拍掉多余的烟灰，再用长条火柴转动燃烧，这样的话，不用一面点一面吸，雪茄也会重新点着，只要不是隔夜，味道不减退。

温斯顿·丘吉尔曾经取笑他一个儿女成群的手下说：雪茄味道固好，但也不能老插在嘴里。

丘吉尔抽的是什么雪茄呢？当然是夏湾拿雪茄了。至于是哪一种牌子，当年名厂纷纷送他，大家都说是他们的那一种，但是可靠的还是"罗密欧与朱丽叶"吧。他们的七英寸雪茄就叫作"丘吉尔"。后来其他名厂也跟着把这个尺寸"丘吉尔"前、"丘吉尔"后地叫开，当成长雪茄的代名词。中年发福后抽"丘吉尔"才像样，清瘦的年轻人抽就显得招摇过市了。女人抽细长的雪茄也很好看，要是她们老含着"丘吉尔"，就有点坏的印象。

1　济众水，也叫十滴水，是一种有健脾散风、消凉解暑功效的中药剂。

一根"罗密欧与朱丽叶"的"丘吉尔",点点抽抽。熄后再燃,可吸上两个钟点以上,只卖九十五港币,不能说是过分的奢侈。

雪茄包装,通常是二十五支一盒。贵雪茄之中,有以小说《基督山伯爵》的主角为名之Montecristo,一盒要卖到六千元,每支二百四十元。Cohiba出的Esplendidos四千九百五十元一盒。又老又忠实的"罗密欧和朱丽叶"则是二千三百七十五元一盒。

但是便宜的菲律宾雪茄也不少,荷兰做的亦不贵,虽说丰俭由人,但是要是达到抽雪茄的境界,则非古巴的夏湾拿莫属。

谈到菲律宾雪茄,有种两根交叉卷在一起的,起初不懂其奥妙,后来看到赶马车的车夫,一手握缰,一手抓鞭,偶尔把鞭子放下,抽抽挂在面前绳子上的弯曲雪茄,才明白它的道理。

美国电影抽雪茄的场面中,大亨选了一根,靠在耳边捏捏后转动听听,然后点着来抽。这根本就是在演戏,这么做只能破坏雪茄的组织罢了,所以千万别在人家面前做这种丑态当乡巴佬儿。

至于保留雪茄的招牌纸环是不是过于炫耀呢?则不然。撕去也不会加强烟味。它是拢着雪茄组织的一分子,要撕掉也要等将雪茄抽剩三分之一。对付很难撕得开的雪茄招牌纸环,只要用手指点一点儿白兰地,浸湿纸环糨糊的部分,即能顺利剥脱。最佳玩法是小心地脱下来,套在女伴的无名指,跟她说:"要是没有相见恨晚这回事……"女人当然知道你在吃豆腐。但她们绝对不会在心里说：哼，你用这么低贱的东西来骗我！

到高级西餐厅去，饭后侍者总会奉上一盒雪茄，让你挑选。别以为名牌就是最适合自己的胃口的，先看看卷叶的颜色：分浅棕色Claro、深棕色Colorado、纯棕色Colorado Claro和黑色Maduro。棕色较辣，黑色较甜。其他颜色属于甜和辣之中间。

挑选之后你有权利轻轻地按按烟身，看看是不是结实而充满弹性。若觉得僵硬，尽管退货。

有人喜欢随手把雪茄放入白兰地中浸一浸再抽，这一下又露出马脚，只会破坏好雪茄的味道，对它是十分不尊敬的。

一般来说，雪茄像白兰地，越旧越醇，经过五年到七年的发酵过程的雪茄最好抽。在市面上的，是在原厂中藏了两年之后才拿出来卖的，已很过得去了。要是你坚持要收藏到五年后才抽，那得用一个保持一定温度和湿度的贮藏箱盛之，数万到数十万一个不出奇，不过到了这个阶段，你已经不是雪茄的主人，而是它的奴隶了。照照镜子，也像一个。当然，做雪茄的奴隶，做得过的。

每个喜饮者都有一个梦

喝酒的人，自然爱上酒杯。

自古以来，由青铜至琉璃杯子，数不胜数。"金瓯"是黄金的酒器，"玉樽"是玉制的杯子，"银瓶"为白银制造。还有只闻其名，不见其物的"夜光杯"呢？夜里能自然发光的，大概只有一个"波尔表"吧？

最雅致的应该是"荷叶杯"，摘下刚刚露出水面拢卷的新鲜荷叶，用玉簪从叶心到荷茎中扎一个孔，然后把酒注入，从茎底吸饮，风流之至。

不过一般酒徒注重的只是量，酒杯愈大愈好。名称各异，有觯、觚、觥、爵、角、白等，哪一个是最大的呢？怎么大都不够，真正的酒徒，杯子是不能满足的，要从盛酒器的壶、卣、斝、卮、罍、缶、瓿捧上来喝，才是最高境界。

最大的酒器应该是"瓮"，元代宫廷里有个黑玉酒瓮，直径四尺五寸、圆周一丈五尺、高二尺，能盛酒三十多石。

一石当今算来是多少？没有准确地量过，古时候的计量单位很抽象，春秋战国时期已有升、豆、区、釜、钟五种，一般以四升为一豆、四豆为一区、四区为一釜、十釜为一钟。以此算来，千钟合六十四万升，等于一百二十八立方米，而一立方米的水重量是一吨，古人说尧舜能喝千钟，那就是说他们能喝一百二十八吨酒了。

刘伶说他一饮一斛，一斛等于十斗。孔子也能喝百觚。就算他的学生子路酒量不好，也喝十斛，比刘伶厉害。原来教我们做人的孔子也是酒徒，为什么还有人反对喝酒？

酒量大的人不少，谁最厉害？至今还未作一胜负，有的一下子鲸饮，有的一喝数十年，我们只管叫他们为酒仙、酒圣、醉龙、醉樵等，没有冠军。至于最过瘾的喝法，还是首推唐代的方明，他脱掉衣服跳进酒缸里，沐浴而出，是每一个饮者的美梦。

喝酒，也是人生乐事

中国的伟大剧作家李渔谈喝酒时说：喝酒之事，有"五贵"。一，贵在能好，酒量大小都不要紧。二，贵在善谈，饮伴多寡不拘。三，贵在可继，好酒劣酒，都不成问题。四，贵在可行，喝酒后答应的事要做。五，贵在可止，长喝短喝，喝得多喝得少，一旦叫停就能够再也一滴不喝。

有了这"五贵"，才有资格称为能欣赏酒的人，方可叫作懂得喝酒之乐。

李渔生平还有"五好"和"五不好"。他不好酒而好客，不好食而好谈，又不好长夜之欢，而好与明月相随而不忍别离。

不好苛刻的法律，但是爱看坏人受罚，并且令他欲辩无辞。

不好一喝酒就骂座之人，而好酒后肝胆相照的朋友。

有了这"五好"和"五不好"，会不会喝酒，是另一回事儿，终日可以和好酒之人为伍。

喝酒时最好能听听音乐，每听必至忘归。好个李渔，不回家也不必怕老婆骂。

他说的我完全同意，听音乐我不限于听古典或歌剧，至于到卡拉OK去，听那些本来长得漂亮的女人一开腔，完全走音，就大叫不妙，逃之夭夭。

友情还是比喝酒之道重要的，当年倪匡兄酗酒，疯起来把李渔讲的"五贵"完全忘光，但是我们这群老友还是能原谅和宽容他的。

除了李渔讲的那些不喜欢的事，我还讨厌人家喝完酒后呕吐得一塌糊涂，那股味道久久不散，实在难闻。

常笑那些说白天不喝，晚上才喝的朋友。白昼宣饮，是人生乐事，不必为工作担忧，那多逍遥。倪匡兄有次见我老母在中饭时拿出一瓶酒，表示不喝。妈妈说现在巴黎已是晚上，照喝不误。

好酒，收获的不仅是愉悦

年轻时住日本，跟着大伙喝威士忌，对白兰地的爱好不深。后来到香港打工，还是坚持喝威士忌，自嘲有一天连白兰地也喝得惯时，才能在香港长居。

酒瘾发作，到杂货店买。也只有香港这种地方能在街头巷尾购入上千块一瓶的佳酿。陈年X.O.连巴黎也要到高级店铺才找得到，法国人看到我们这种现象，也啧啧称奇。不过，见不到好的威士忌。渐渐地，我也接受了白兰地，当香港是一个家了。

记得第一次来香港，那是二十世纪六十年代的事，当时大家流行喝的是长颈的F.O.V.，后来才知道有V.S.O.P.这种酒。小时候偷喝妈妈的酒，有手揸花、手揸斧头和三星牌，据老饕说这已比后来的X.O.好喝得多，但当年不懂得分辨什么才是好酒，有醉意就得，真是暴殄天物。

白兰地大行其道时，别说X.O.，还能在杂货店里买到轩尼诗的EXTRA，当今虽然有路易十三，但是EXTRA也只在拍卖行中出现。

很难向不喝酒的年轻人解释EXTRA的味道如何，只可以形容它不像酒，总之绝对不呛喉，一口比一口好喝。

中国人喜欢的白酒，如果醇起来也不错。喝过一瓶茅台，那白色的瓷樽已贮藏得发绿，喝起来也不像酒，连干数杯面不改色。如果是那种好茅台，相信你也能一杯干了又一杯。

醉意是慢慢来的，如泛舟荡漾，喝多了也不会头晕眼花，舒服到极点。

我最后一次喝轩尼诗EXTRA，是倪匡兄移民旧金山后我第一次去探望他，他从柜中拿了两瓶，一个人手揸（粤语，此处意为抓、拿）一瓶，一下子干个净尽。好酒就是那样的，再没有更清楚的说明了吧？

啤酒与优雅无缘

大暑，喝冰凉的啤酒固然是一大乐事。天冷饮之，又是另一番滋味。寒冻下，皮肤欲凝，但内脏火烫，一大杯啤酒灌下，"滋"地一去，其味道美得不能用文字来形容。

啤酒的制造过程相信大家都熟悉：将麦芽浸湿，让它发霉后晒干，舂碎加滚水泡之，取其糖液掺酵母酿成酒，最后加蛇麻子所结之毡果以添苦味，发酵过程养出二氧化碳之气泡。有一天，我一定要自己试试。

世界各国都在酿啤酒，好坏分别在各地的水。水质不好，便永远做不好啤酒，东南亚一带，就有这个问题。美国是一个例外，它的水甘甜，但是永远酿不了好啤酒，可能跟美国人不择食的习惯有关。

气氛最好的是在德国的地窖啤酒厅，数百人一齐狂饮，杯子大得要用双手才能捧起，高歌《学生王子》中的"饮、饮、饮"。

或是静下来一边喝一边唱一曲哀怨的《莉莉玛莲》。

英国的古典式酒吧，客人两肘搁在柜台上，一脚踏在铁栏，高谈阔论地喝着"苦啤"，它颜色棕黑，甜、淡，很容易下喉，一连饮十几大杯不当一回事。

法国人不大会喝啤酒，他们只爱红白酒和白兰地，越南人跟他们学的"333"牌啤酒，淡而无味。

酒精最强的应是泰国"星哈"和"亚米力"，成分与日本清酒一样高。一次和日本人在曼谷，各饮三大瓶，他有点飘然，问这酒怎么这么强，我说你已经喝了1.8升的一巨瓶日本酒了，他一听，腰似断成两截，爬不起身来。

韩国人极喜欢喝啤酒，是因为他们民族性刚烈，大饮大食，什么都要靠量来衡量，最流行的牌子是OB。只有他们把啤酒叫成麦酒，我认为这是一个很恰当的称呼。

啤酒绝不能像白兰地那么慢慢地喝，一定要豪爽地一口干掉。三两个好友，剥剥花生，叙叙旧，喝个两打大瓶的，兴高采烈，是多么写意！唯一反对的是要多上洗手间。

饮酒是人生一乐，醉后闹事的人就不是喝酒，而是被酒喝了。

真正酒徒，容许一生放纵几次

酒？

有什么好喝？

要是你想得到答案，免了吧，不如向女人说明什么剃须水最好，反正，她们都听不懂。

不会喝酒的人，请把这一页掀过，我不会向你弹琴。

什么？

你还在耐心地听？

那么，你有希望了。你有了成为一个酒徒的可能性。

什么酒最好呢？

在你眼前的酒最好喝。

如果你是选择香槟和陈年红酒，不饮双蒸和白干的话，那你是酒的奴隶，不是她的主人。

要是你任何酒都喝，逢喝必醉，那是酒在喝你，不是你在喝酒。

再详细说明：酒徒分两种，一种是喝酒的，另一种是被酒喝的。

醉。

又是什么？

大吐大呕，谈不上什么境界。

醉，是语到喃喃时。

醉，是飘飘然，乘鹤云游。醉，是畅所欲言，又止乎于礼。

醉，是无条件地交给对方，又知道对方能够完全地付出给你。

除此之外，不能称醉。

只是蠢猪一只。

大吵大闹、又哭又啼、借酒装疯，都是最低的吗？

那又未必。

真正酒徒，容许一生放纵几次，上述的情形，在你最悲哀和最欢乐时，绝对是美丽的。

问题是重复此种丑态。次数太多，那你不够资格喝酒，自杀去吧。

那么，什么是限度？

很简单，每一口酒都有滋味为限度。喝到分不出是白兰地或威士忌，就应该停止。

我的个性是追酒喝，怎么办？

没怎么办，不喝罢了。

我喝一口酒便作呕，但是又很向往醉的感觉，我想醉一次，怎么办？

答案是：花香令人醉，茶醇令人醉，景色令人醉，美女令人醉，读书令人醉。请你别用酒为工具，请你别用酒当借口，请你别用酒做对手。任何情形之下都能大醉。

什么酒最好喝？

配合菜色的酒最好喝：吃杭州菜喝花雕，吃日本菜喝清酒，吃西餐喝红白酒。

配合情景的酒最好喝：到俄罗斯时喝伏特加，到韩国时喝马格利，到希腊时喝乌佐。

混酒容易醉，白兰地加威士忌，一喝便倒下去，你说是吗？

胡说八道。

喝鸡尾酒的人，不见他们都醉死？

酒后灵感大作？

也不尽然，看什么媒体。

写长篇大论，醉之思路胡乱，戒酒较佳。

五言古诗，七言绝句，大醉可也。练书法也可醉，怀素狂草，应该是醉后之作。刻图章却不能醉，否则把手指当石块，皮破血流。

宿醉有没有药医？

没有。喝水喝茶。蒙头大睡，是最好的治疗。

我想开始学喝酒，如何着手？

先喝啤酒吧。如果你连啤酒都感觉不好喝，即刻停止。没有必要勉强自己。要是任何酒你也认为是香的，那么你已经有了天分，自然会喝。

喝酒到底会不会伤身？

任何官能上的享受，都从小小的伤身开始。过量总是不好的，猛吞白饭，也能伤身。

我想戒酒。

戒一样东西，只有意念。戒酒中心帮助不了你。我们身体中有个刹车的原始功能，叫作"出毛病"。喝酒喝出毛病，就应该减少，硬邦邦地喝下去，也死得硬邦邦，道理最简单不过。

真的会喝死人？

真的，古龙就是喝酒喝死的。

榴梿和酒，是不是不能一块吃？

没有科学引证。啤酒和榴梿应该没有问题。烈酒和榴梿不试为妙。友人岳华，从前就是喜欢喝了白兰地后吃榴梿，一直没事。有一次感到胃不舒服，从此就不再在喝烈酒后吃榴梿。

女人和酒，你选择哪一样？

两者皆要。

不行，只能取其一！

那么还是酒。

酒不语，女人话多。

酒不会来纠缠你，你何时听过酒会开口说"喝我，喝我"？

白兰地和威士忌，你选择哪一样？

爱酒的人，哪有分别？

听说白兰地是葡萄做的，可以补身；威士忌是麦酿的，喝了不举。

乱讲。这是狡猾的法国商人捏造的故事，他们要打倒威士忌，只有出这个阴招儿。威士忌喝了不举？你有没有看到苏格兰男人穿的是裙子？他们不穿长裤，随时可以将女人"就地正法"。

讲个酒故事来听好不好？

这是倪匡兄讲的：昔日，一个人喝酒喝穷了，下决心戒酒，但是肚子里的酒虫像要伸出手来抓舌头，不得不喝。

一天，他叫人拿了数罐美酒放在面前，又把自己绑在一棵大树干上，几个时辰下来，酒虫闻着酒香，忍不住由他口中爬了出来。

这个人从此不喝酒，但是后来非常无聊，闷死了。

你最佩服的酒徒是谁？

一个叫石曼卿的。

石曼卿，宋朝人，性倜傥，行侠气节，文风劲健，工诗善画，明辨是非，嗜酒不乱。

曼卿还是一位兵法家，常预言敌方攻势，奈何皇帝不听，故曼卿喝酒去也。

当年有个布衣叫刘潜，也胸怀大志，常与曼卿一起喝酒。他们两人终日对饮，喝到傍晚一丝醉意也没有。第二天，整个京城传说有两个"仙人"到酒家喝酒，这两个"仙人"就是石曼卿和刘潜。

另一个石曼卿与刘潜的故事是他们又一起到船上喝酒，喝到半夜，船夫的酒快给他们喝完，见有斗余醋，混入酒中给他们喝，他们也照样干了。

石曼卿告老归隐，住山头，醉后拿起弓来，把数千个桃核当弹子，射入谷涧，几年后，满谷桃花。

说说你自己的酒故事。

一年到吉隆坡，已经不喝椰酒甚久，和友人杜医生摸索到椰子林中的一家餐厅，该地炒咖喱螃蟹出名，佐以椰酒，天下一品。

但当晚该店椰酒卖光，众客大失所望。

我不甘心，跳上杜医生的吉普车，深入椰林，找供应椰酒的印度师傅。

椰酒酿制的过程是这样的：在热带的椰子林中，你可以看到一个印度人，腰间绑了十几个小罐，像猴子一样，爬上二三十英尺高的椰树。

树顶叶子下，有数根长得如象牙大小的枝干，枝干中开着白色的椰花，趁这些椰花还没有结实，酿酒人用巴冷刀（亦称"开山刀"，一种有着宽弧形刀刃的劈砍刀具）把它们削去，再在干尖处绑上小陶罐，撒酒饼在其中。

整棵树的营养都集中在这干尖上，吐出液汁来供给花朵结实，顶尖无花，液汁滴注罐中，一面滴液，酒饼一面发酵，制造酒精。

印度人每天收集陶罐，倒入大容器里，拿去街市贩卖，但始终是私酿，犯法的。

我们抵达印度人的家，敲门。

印度人已大醉，醒来知道来意，指着屋檐下的一个装油的巨大塑胶桶说："要买就全桶买去。"

问价钱，只合八十港币。

即刻和杜医生将酒搬上吉普，往餐厅驾去。

一路上，已忍不住，埋头下去喝一大口。

啊，比任何香槟更好喝，是自然的，是原始的。

扛入餐厅，请所有渴望的同志大饮。

要记得，酒饼并没有停止发酵，喝进去还是不断地在你胃里产生酒精，直透胃壁，入血液，进大脑。

全餐厅同志皆大乐。

酒醉饭饱。

见油桶中酒，只喝了三分之一。

与杜医生再把桶抬上车，往酒店直驰而去。

二人扛酒桶走入希尔顿酒店，经过大堂，众客投以好奇眼光，及闻酒香，大叹羡慕。

入房，杜医生指桶，问如何处置。

我示意把酒抬进浴室，倒入大浴缸中，刚好半满。

夜深，杜医生离去。

我脱光衣服，跳入缸内，全身乳白香甜，凉透心肺。索性整个人潜入酒里，张口咕噜咕噜狂饮。

人生，一乐也。

酒中豪杰，才是好人

我们这些享受过香港电影全盛时期的人，非常幸福。当年，拍什么卖什么，领域之大，布满东南亚和欧美唐人街，单单某些地区的版权费已收回成本，所以要求的是量，而不是质。

日本和韩国导演都以快速见称，输入了许多人才。前者有井上梅次、中平康、岛耕二等，后者除了申相玉、郑昌和，还有张一湖和金洙容。

导演住酒店，带来的工作人员就在宿舍下榻。日本人一休息下来，就到影城的后山海里潜水，捞出很多海胆，当年香港人不会吃，海底布满了，拾之不尽。

韩国人更勤力，每天工作十多二十个小时，难得有空即刻蒙头大睡。醒来，就在房间内制作金渍泡菜，他们不可一日无此君，不吃泡菜开不了工。当年商店没得卖，非自己泡不可。

这一来可好，泡菜中有大量的蒜头，发酵起来，那阵味道不是人人受得了的，其他住在宿舍的香港演职人员都跑来向我投诉，我无可奈何，私掏腰包请喝酒安抚。

香港人、日本人、韩国人各有不同，但有一个共同点，就是大家都是酒中豪杰。香港的酒比他们国家的又好又便宜，收工之后在宿舍狂饮，酒瓶堆积如山。电影工作人员都得付出劳力，一天辛苦下来，有些还不肯睡，聊起小时看过的片子，哪一部最好，什么电影的摄影最佳，最后唱起经典作品的主题曲来。

国籍可能不同，但看过的好莱坞电影是一样的，这是大家的共同语言，已经不分你我来自哪一个地方。

在片场工作，除了导演高高在上，其他人并没受到应得的尊敬，只是苦力一名，任劳任怨，所以养成了借酒消愁的习惯。喝多了，都酒力甚强。我请工作人员时，也以会不会喝酒作为标准。不喝的，一定不行，酒中豪杰，才是好人。

配额

好久未喝酒了，一下肚就有点昏昏的感觉，是不是有如倪匡兄所说"酒的配额已喝完了"呢？

他老兄对酒总是千杯不醉。按他说，酒是天下最奇妙的饮料，耶稣创下的第一个奇迹，就是把水一变，变成了酒。

后来，一天，有人见到他忽然不喝了，又问，他回答说："是耶稣叫我别喝的。"

但是，同一个人又看他再次豪饮时，问同一个问题，他又回答："坏酒的配额的的确确是用完了，但好酒的，现在开始。"

总之你是说不过他的，他是"外星人"。

至于我自己的配额有没有用完不知道，只觉喝得没以前那么痛快，既然如此，便少饮。事情就是那么简单。

但今天怎么醉了？是因为傅小姐拿来的酒，我一向对红酒的兴趣不大，嫌它酸。傅小姐的酒一点酸味也没有，又香又醇，真是那么厉害，喝了只会笑个不停。

喝来自波尔多的Cheval Blanc，和来自勃艮第的A.Rousseau

Chambertin——她和我的最爱，绝对没有配额问题。

当然，那几杯红酒不至于令我不省人事。晚上到了，在好友张文光家吃饭，他拿出一瓶十八年的"山崎"单一麦芽酒，一入喉，醇厚无比，又即刻大饮。

现在国内的威士忌大行其道，我早就预言，对外国烈酒的接受，一定先从白兰地开始，它的市场战略非常厉害，又甜甜地容易喝进口，掺什么其他饮料都行，必定先受欢迎。再喝下去，觉得糖分太高，有点腻了，才进入喝威士忌的阶段。其实天下饮者到最后的共同点，都喝此酒。

威士忌的老祖宗是苏格兰，我们要回到它的怀抱，还有一点距离。忽然之间大家都大赞日本单一麦芽威士忌，抢着去喝。

日本人做事一板一眼，向最好的去学，那就是泡在雪梨木桶里的原味，它最正宗。我们现在喝的有多种其他的木桶味，甚至于泥煤味，都说那才是好的，嫌雪梨桶不好喝，真是莫名其妙。是的，还有一段距离，才能真正欣赏。

普洱茶的真性情

翻看杂物，发现家中茶叶有普洱、铁观音、龙井、大红袍、大吉岭、立顿、富硒、静冈绿茶和茶道粉末，加上自己调配的，应该这一生一世饮不完吧。

茶的乐趣，自小养成。家父是茶痴，一早叫我们三兄弟和姐姐到家中花园去，向着花朵，用手指轻弹瓣上的露水，每人一小碟，集中之后煮滚沏茶的印象尤深。

家父好友统道叔是位入口洋货的商人，在他办公室中一直有个小火炉和古董茶具泡工夫茶。用橄榄核烧成的炭，是在他那里第一次看到。

浓郁的铁观音当然是我最喜爱的。统道叔沏的，哥哥一早空肚喝了一小杯，即刻脸变青，呕得连胆汁都吐出来，我倒若无其事地一杯又一杯。

老人家教导，喝茶喝醉了，什么开水、牛乳、阿华田都解它不了。最好的解茶药，莫过于再喝茶，但是这次要喝的是武夷老岩茶，越老越醇，以茶解茶，是至高的境界。

来到香港，才试到广东人爱喝的普洱茶，又进入另一层次。初喝普洱，其味淡如水。因为它是完全发酵的茶，入口有一阵霉味，台湾人不懂得喝普洱，"洱"字又难念，干脆称之为"臭普茶"。"臭普"，闽南语"发霉"的意思。

普洱茶越泡越浓，但绝不伤胃。去油腻是此茶的特点，吃得太饱，灌入一两杯普洱，舒服到极点。三四个钟头之后，肚子又饿了，可以再进食。

久而久之，喝普洱茶一定喝上瘾。高级一点的普洱茶饼，不但没有霉味，而且感觉到滑喉，这要亲自体验，不能以文字形容。

想不到在云南生产的普洱，竟在广东发扬光大。普洱的唯一缺点是它不香又不甘，远逊铁观音。

有鉴于此，我自己调配，加入玫瑰花蕊及药草，消除它的霉味，令其容易入喉。这一来，可引导不嗜茶者入迷，小孩子也能喝得下去。经过这一课，再去喝纯正的普洱，也是好事。能去油腻，倒是不可推翻的事实。

市面上有类似的所谓减肥茶，其实是掺了廉价的番泻叶，喝了有轻微的拉肚子作用，已失去了享受的目的。而且，番泻叶与茶的质量不同，装入罐中，沉淀于底，结果茶是茶，番泻叶是番泻叶，一大把抓了冲来喝，洗手间去个不停，很可怜。

玫瑰花蕊和菊花一样，储久了会生虫。用玫瑰花蕊入茶，要很小心。从产地入货后，要经过三次的焙制，方能消除花中所有幼虫，但是制后须保持花的鲜艳，这也要靠长时间的研究和经验的累积。

一般茶楼中所喝的普洱，品质好不到哪里去，有些还是由泰国进口、当地商人收集来的冲过的旧茶叶，再次发酵而成，真是损阴功。纯正云南普洱不分贵贱，都有一定水准。

其他茶叶沏后倒入茶杯，过一阵子，由清转浊，尤其是西洋红茶，不到十分钟，清茶成为奶茶般的颜色。

普洱永不变色。茶楼的伙计把最浓的普洱存于一玻璃罐中，称之为"茶胆"，等到闲下来添上滚水再喝，照样新鲜。

在茶庄中买到的普洱，由十几块钱一斤到数百块一个的八两茶饼，任君选择。所谓的绝品"宋聘"，99%是假货，能有"红印"牌的三四十年旧普洱喝，已是很高级。但是普洱是属于大众的日常饮品，太好太醇的茶，每天喝也不过如此。一百港币一斤，已很不错。平均每斤可以喝上一个月，每天只不过是三块多钱，比起可乐、七喜，便宜得多。

普洱叶粗，不宜装入小巧的工夫茶壶，经茶盅沏普洱最恰当。普通的茶盅，十几二十块钱一个，即使买民国初年制的，也只不过是一两百块。弄个古雅一点的，每天沏之，眼睛也得到享受。

有许多人不会用茶盅，其实原理很简单，胆大心细就是，有过两三次的烫手经验，即毕业。

喝茶还是南方人比较讲究，北方人喝得上龙井，已算及格，他们喜爱的香片，已不能叫作"茶"，普洱更非他们可以了解或欣赏的。

普洱已成为香港的文化，爱喝茶的人，到了欧美，数日不接触普洱，浑身不舒服。我每次出门，必备普洱。吃完饭来一杯，什么鬼佬垃圾餐都能接受。

移民外国的人，怀念起香港，普洱好像是他们的亲人。家中没有茶叶的话，一定跑到唐人埠去喝上两杯。

到外地拍电影，我的习惯是携一个长直形的热水壶，不锈钢做的，里面没有玻璃镜胆，不怕打烂。出门之前放进大量普洱，冲冲水，第一道倒掉，再冲，便可上路。寒冷的雪山中，或酷热的沙漠里，倒出普洱与同事一齐喝，才明白什么叫作"分享"。

一次外出忘记带，对普洱的思念越来越深。幻想下次喝之，必愈泡愈浓，才过瘾。返港后果然只喝浓普洱，不浓不快。倒在茶杯中，黑漆漆的。餐厅伙计走过，打趣地问："蔡先生，怎么喝起墨汁来？"

谦虚回答："肚中不够嘛。"

真正的"茶虫"是"茶宠"

好友坚哥是位普洱茶专家，最好最老的，都在他的收藏之中，可以说是全香港最齐全的，而做到香港第一，也是世界第一了。

到他那里，当然能喝到好茶。

"你会喜欢这一种。"他说。

看样子，是细小乌黑的茶叶，普洱通常做成饼状，叶甚大，为什么有这种样子的？

"是不是茶苗？"我问。

"不。是从茶饼中跌出来的碎茶。"他得意地说。

"哪来那么多碎茶？"

"是从一间旧茶楼买回来的。"

他解释："仓中一堆堆放，久而久之，仓底遗漏了很多碎片，已有几十年。"

"什么时候买的？"

"三十年前，那家茶楼倒闭的时候。"

一喝之下，果然醇厚、滑喉。当年最普通的茶，当今喝来已不错。

"现在有钱也买不到了。"他说。

奇怪的是冲多少泡颜色还那么浓，味不减薄，较任何卖五六千块一饼的"红印"都好喝。再试好几种，愈喝愈佳。

坚哥的儿子在外国留学，刚好回来度假，帮父亲打开一箱百年普洱。"老豆，茶里有虫！"我听到他大叫。

茶虫？没见过，我冲过去看。一条一英寸长的虫，全身乌黑发亮。

"不要紧，不要紧。"坚哥说，"老普洱有虫不要紧。"但那条虫已给他儿子捏死。

一生试的虫虫蚁蚁甚多，就没有吃过茶虫，这条虫吃老普洱为生，一定干净。食欲大作，用牙签串起，从和尚袋中拿出点雪茄的喷火机烧烤一番，见已熟，吃进口，细嚼之下，一阵茶香。终于做了个名副其实的老茶虫。

茶在心间，才是人间清欢

要出远门，当然要准备好茶叶，至于要不要带个茶盅，犹豫了一阵子。

"拿个蓝花米通去吧。"茶叶铺的老板陈先生说，"这种茶盅随时可以买到，打破了也不可惜。"

对惯于旅行的人，行李中的每一件物品都计算过，判断是否必需，方携之。沏茶总不会是个问题吧？最后的决定，还是放弃了茶盅。

这一来可好，往后的一些日子，这个决定带来许多麻烦，但也有无尽的乐趣。

到达墨西哥，第一件事便是找滚水。我的天，当地人是不用的。他们根本就不喜欢喝茶，只爱咖啡。咖啡并非冲的而是煮的，一锅锅地泡制，便没有多余的滚水了。

滚水的西班牙语是"Agua Caricante"，"水热"的意思。拼命向人家要"水热、水热"。他们不知道我要"水热"干什么，结果也依了我，跑到厨房去生火，他们没有水壶或水煲，用个煮汤用的锅子，把水煮沸了交给我。

拿到房间把茶叶撒进去，根本谈不上沏茶，简直是煮茶，真是暴殄天物。

对着这锅茶怎么办？也不能把嘴靠近锅边喝，烫死人。只有倒入水杯。"砰"的一声，玻璃杯破了，差点把手割伤。

第二天忍不住去买了个原始型电水壶，此种简单的电器，墨西哥卖得真贵，三百六十港币。

有了电水壶没有茶壶又怎么办？这次不敢直接冲滚水入玻璃杯，但也不能将茶叶扔进电水壶里呀！

想个半天，有了，从行李中拿出一个小热水瓶来，这是我出外景必备的工具。因为有一次在冰天雪地的韩国雪岳山中，梳妆师傅细彭姑爬上雪山时还带着个热水瓶，我嫌她累赘，想不到拍到一半，快冻僵时，她由热水瓶中倒出一杯铁观音来给我，令我感动不已。由此之后，我向她学习，每到外景地前先沏好一壶茶，让最勤力的工作人员欣赏欣赏。

把茶叶放进热水瓶，再将滚水倒进去，用牙刷柄隔茶叶，第一泡倒掉，再次注入热水。

沏出来的茶很浓，好在用的是普洱，要是铁观音就太苦涩了。饮用时倒进杯中，茶叶渣跟着冲出来，半杯茶水半杯叶，也只有闭着眼睛喝了。

演员跟着来到，先是黎明把我的电热水壶借去泡公仔面。还给我时，叶玉卿又来拿去。这一借，不回头，我也不好意思为了一个小热水壶和人家翻脸，算了，另想办法。

走过一家手工艺品商店，哈哈，给我找到了一个茶壶，画着古印第安人抽象的蓝花，很是悦目，即刻买下来。

再到超级市场去进货，想多买一个热水壶，但是给香港来的工作人员一下子买光。小镇上，再也难找。

索性全副武装，购入一个电炉，再买个铁底瓷面的锅子，一方面可以煮水，另一方面又能煮食。

回到小房间，却找不到插座头：灯是壁灯，电风扇挂在天花板上，只有洗手间里那个插电须刨子的能够勉强使用。

水快沸，心中大乐，这次只许成功不许失败，把茶叶装入茶壶，注入滚水。

准备好茶杯，倒茶进去。又是半杯茶叶半杯水的一杯茶。原来买的是咖啡壶而不是茶壶。注水口大，没有东西隔着，所以有此现象。

经过几番折腾，后悔当初不把那个茶盅带来，中国人发明的茶盅实在简单、方便、实用，到现在才知道它的好处。

终于，在五金铺中指手画脚，硬要他们卖给我一小方块铁纱，店员干脆说："不要钱，送给你。"

老大欢喜地把那片铁纱拿回酒店，贴在咖啡壶内注水口上，这一来，才真正地享受到一杯好茶。

在没有喝茶习惯的国家中，我遭了好些罪。上次在西班牙，向他们要滚水的时候，他们把有汽的矿泉水煮给我，泡出来的茶有股亚摩尼亚味，恐怖至极。

之后，我已不要求什么铁观音、普洱，只要有立顿黄色茶包已很满足。没有滚水？好，要杯咖啡，再把三个茶包扔进去浸，来杯鸳鸯算了。

我们这次的外景，最大的享受是回到旅馆，每个人都把他们的临时泡茶工具拿出来，你沏一杯，我沏一杯，什么茶都不要紧，只要不是咖啡就行。喝入口，比什么陈年白兰地更加美味。

日本的茶道，那不过是依照陆羽的《茶经》去做，很多人骂他们只注重仪式，但也是悠闲生活的一个方面呀！中国台湾人冲工夫茶更是越来越繁复，先用一支竹夹子把小茶盅中的茶叶夹出来，再来个小竹筒盛新茶装入，沏后倒入一大杯，再注入几杯，把空杯闻了一闻，再喝茶。说什么这才是真正的茶道，他们看轻日本和中国香港的喝茶方式，认为中国台湾产的冻顶乌龙，才真正叫作茶。

茶，要是一定那么喝，已失去茶的意思。

茶，是用来解渴的，用什么方式，都不应该介意和歧视。在没有任何沏茶工具之下做出来的茶，才能进入最高的境界。

日子再忙，也要吃茶去

与程氏夫妇认识多年，他们曾在新加坡住过一个时期，返港后我们经常聚会。他们育有二子，除上学外，还言传身教，一有假期就带他们到世界各个都市的博物馆参观，并享受名厨美食。

大家没有联络已久，一日，接到母亲电话，见面时，母亲样子依旧，小儿子已经长大成人，彬彬有礼，是位好青年。

问近况："对什么最有兴趣？"

"饮食。"儿子程韶伦回答。

真奇怪，友人子女，都想干这方面的东西，大概是与从小吃得好有关系。

"干餐厅，很黏身。"我说。

"不是。"他妈妈说，"你先听听他的。"

"你知道的，我们家族和云南的关系很好。"程韶伦说，"我一向爱喝普洱茶，便顺理成章地想做普洱茶生意了。"

"那更糟糕，要辨别普洱茶的真假和好坏，最少也得再花几十年工夫。"

"不是卖茶饼，而是现喝的。"他说。

原来，程韶伦大展拳脚，购入最新机器，在最卫生干净的环境下，采集在天然森林生长的大叶种乔木茶，其中有树龄三百年以上的野放古茶树，和五十年以上的有机茶树，不需要施用化肥和农药，以高科技提炼出普洱精华来。他取出样品给我看，是牙签纸筒般大的包装，一撕开，浸入滚水或冷水中，即刻溶化。

对味道还是表示怀疑，我喝了一口，不错不错，刚好要出门旅行，喝他的普洱精华，早、中、晚餐都来一杯，方便到极点。程韶伦也做过SGS检验报告，证实此精华的儿茶素含量高达百分之六十二点九，这些活性成分有强烈的抗氧化、抗病毒和防癌、防老的作用，一杯相当于六杯传统茶。

名为"吃茶去"，汉狮集团出品，当今已在市面上，可在置地和圆方的"3hree Sixty超市"、九龙城"永富"以及小店"一乐也"买得到。

茶

　　喝茶已经是我日常生活的一部分，是我一早起来第一件要做的事了。

　　认识我的人都知道，我最爱普洱，越浓越好，似墨汁最佳。这个胃，已经训练到铁打的了，醉茶这种毛病不会发生在我身上。

　　普洱是一早买的，趁还没涨价，所存的旧茶够我喝到老。要是当年没有这个先见，照目前的价钱，可能会喝穷。

　　戴伟强兄是我的一位好朋友，他是杭州人，每年必寄明前龙井给我，我不舍得喝，都转送倪匡兄，日子久了，忘记龙井的美味。

　　自从他去世之后，我开始打开那熟悉的纸包装，是"狮峰龙井"的"风篁岭"出品。这一喝，不得了了，上了瘾，所以每早除了普洱之外，还要来一杯龙井。

　　龙井不必用紫砂壶或茶盅，它很干净，就那么放进玻璃杯中，冲热水即可饮之。我用了一个大杯子，那是喝威士忌加冰时用的，隔着透明的杯壁，细观茶叶沉浮，又多了一种人生乐趣。

普洱及龙井喝闷了，我还喜欢泰国手标的红茶。

这产品在茶叶之外，一定下了很多其他香料。颜色也厉害，在茶杯中留下了一圈圈的红印，仔细洗才冲得掉。

爱上手标茶的另一原因，是我在拍戏时在泰国住过很长一段时间，当年没有普洱喝，红茶代之，不加糖，净饮。

在西班牙生活时，当地人只喝咖啡，什么茶叶都买不到，只有在超市中买立顿牌的黄色茶包，偶尔我也会喝回这种最普通的红茶。

回到香港，什么茶都有，反而对潮州人喜爱的单丛茶不感兴趣，他们从前爱喝的铁观音也只剩下香味，而忘记了铁观音是调和了新茶的香、老茶的色和中茶的甘，那才叫铁观音呀。

那批放在雪柜（即冰箱）中保鲜的龙井快要喝完，春天已至，不久，又能喝到明前龙井。茶能喝出季节来，又是另一种乐趣。

玩泥沙的日子哪去了

今早的新闻中，看到北京的一个学校，专教小孩子如何成为神童，读小学就能有大学的成绩，全年学费竟然高达十四万人民币。

校长出镜解释如何教导。他没有眉毛，皮笑肉不笑，一脸奸相，一看就知道是个老千（粤语，指骗子），但也有父母上当。据专家们说，那里的教学方法，和普通的并无两样。

都怪只能生一个。由父母及男女双亲一共六个人来宠爱，非成龙不可。

香港的也好不到哪里去，一两岁就要送他们去幼儿园。我一些朋友都说单单为了孩子的学业，每个月花一两万。那么多钱，长大了还得了？留下来自己吃吃喝喝，多开心。

玩泥沙的日子哪去了？现在的儿童关在石屎森林（香港地区对高楼大厦的俗称）中，来往之地只是学校和家里。个个戴近视眼镜，老气横秋，把头埋进计算机。自己的脑袋，装了什么东西？

我们在河里抓小鱼，叶中找打架蜘蛛，过的童年是那么逍遥，现在的儿童永无体会。

　　玩到五六岁才去读幼儿园，有的干脆跳开，一下子进入小学。是的，也许我们那时的儿童，长大了比当今的笨，但是我们快乐。

　　也明白做父母的苦心，不逼迫孩子，今后怎么和别的孩子竞争？但是应该回头想一想，自己已经竞争了一辈子，还要下一代重蹈覆辙？

　　想开了，就能放心。先让儿女玩一阵子吧！这是实实在在的，是他们再也得不到的时光。今生今世，永远不会忘记！

　　最佩服苏美璐一样的人物，让女儿阿明在小岛上自由奔放地成长，阿明长大后会失去竞争能力吗？她那么聪明，是不可能的。还是倪匡兄说得对：好的孩子教不坏，坏的教不好，让他们玩去！

有一技之长多好

书画文具店，标青的有上环的"文联庄"和油麻地的"石斋"。老板黄博铮先生，本身是一个书法家，与同好共创"甲子书法社"，一周一次在店里办雅集，也教学生。

做这一行的，本身不爱好艺术不行，黄先生说："市场很狭窄，没什么人肯干。"

我就是喜欢光顾这种"没什么人肯干"的铺子。"石斋"中各种文具齐全，单单宣纸就有上百种选择，我最爱用的是"仿古宣"。

字画收藏一久，白色或米黄色的纸，便会变成浅褐色或淡绿色。后者的颜色最美，看起来非常舒服，那种绿绿得可爱，像新摘的龙井。闻起来还有种香味，真个名副其实的古色古香。当今写字，不可能有这种效果，只有用"仿古宣"了。色彩一样，但没有香味，也只好接受。

店里也替客人接刻印的单。不收费用，直接让顾客和名篆刻家接触。我的大师兄孔平孙先生也帮人家刻，小师兄禤绍灿本来也在"石斋"挂作品，但近年来积极教拳，篆刻方面少去碰。古人说做才子有二十种条件，琴棋书画后还有个"拳"字，绍灿师兄是真正的才子，我只是二十分之一个才子。

这个年代，还有什么人对书画有兴趣呢？老板黄先生说："主要客户是一些中产阶级，公务员和老师居多。他们收入稳定，空余时间控制得住，就会学字画了。但是近年来铁饭碗也打破了，客人又减少。"

"我们这一辈，也给父亲骂不学无术，"我说，"我相信青出于蓝，总有人肯学。"

"是的，"黄先生说，"有一技之长，至少老了可以摆摆摊儿写挥春（指春联），不必去当看更（粤语，指看门或保安）。"

第四章

江湖老友，
多是传奇

金庸的稀奇古怪

黄蓉想出来的食谱，稀奇古怪。作者金庸先生的饮食习惯，却很正常。

"我和蔡澜对一些事情的看法都很相同，只是对于吃的，他叫的东西我一点也吃不惯。"有一次和金庸先生去吃广东粥面，他就这么说。

海鲜类金庸先生也没有兴趣，他爱吃肉，西餐厅牛扒绝对没有问题。一起去旅行时，到中国餐厅，他喜欢点酸辣汤，北方水饺也吃得惯。

上杭州餐厅和去沪菜食肆，金庸先生不必看菜单，也可以如数家珍般一样样叫出来。

至于水果，金庸先生最喜欢吃西瓜。这也是江浙人的习惯吧。我小时候就常听家父说他住在上海的时候，西瓜商家是一担担买来请伙计吃的，不这么做就寒酸了。当年没有雪柜，把西瓜放进井里，夏天吃起来比较冰凉。

说到酒，据说金庸先生年轻时酒量不错，但我没看过他大量喝，来杯不加冰的威士忌，净饮倒是常见。

近年来他喜欢喝点红酒，每次摘下眼镜后细看酒的品牌，所选的酒厂和年份都不错。有时喝到侍者推荐的好酒，也用心记下来。

吃饱了饭，大家闲聊时，金庸先生有些小动作很独特，他常用食指和中指各插上支牙签，当是踩高跷一样一步步行走。

数年前，经过一场与病魔的大决斗之后，医生不许查大侠吃甜的，但是愈被禁止愈想吃，金庸先生会先把一长条朱古力不知不觉地藏在女护士的围裙袋里面，自己又放了另一条在睡衣口袋中，露出一截。

查太太发现了，把他的朱古力没收。但等到上楼休息，金庸先生再把护士的扒了出来偷吃。本人稀奇古怪。不然，他小说中的稀奇古怪的事，又怎么想出来的呢？

他在每个时代，都玩得尽心尽力

倪匡的生命中，有许多时代。像毕加索的蓝颜色时代、粉红颜色时代，而倪匡就有木匠时代、Hi-Fi时代、金鱼时代、贝壳时代、情妇时代和移民时代。

每一个时代，他都玩得尽心尽力，成为专家为止。但是，一个时代结束，就从不回头；所收集的，也一件不留。这是他的个性。在他的贝壳时代，曾著多篇论文，寄到国际贝壳学会，受外国专家的赞许。他本人收集的稀少贝壳，要是留下一两个，到现在也价值连城，但他笑嘻嘻地都不要了，一点也不觉得可惜。

倪匡的种种时代，我没有亲身涉足，只能道听途说，但是他的演员时代是由我开启的，在这一方面我可有些发言权，可以发表点独家资料。

有多方面才能的倪匡，电影剧本写得多，为什么不当演员呢？反正他有一副激情有趣的面孔，许多女人都想捏他一下，叫他当演员，是理所当然的事。

数年前，我监制了一部商业电影叫《原振侠与卫斯理》。由周润发演卫斯理，钱小豪扮原振侠，张曼玉演原振侠的女朋友。内容没什么好谈。商业电影嘛，只要包装得好就是了，不过由周润发来演卫斯理，倒是最卫斯理的卫斯理了。

言归正传，我想起常和亦舒开玩笑时说，外国人写小说，开始的时候一定是：这是一个又黑暗，又狂风暴雨的晚上……连《花生漫画》的史努比也这么开头，我让《原振侠与卫斯理》也以一个又黑暗又狂风暴雨的晚上开始……

布景是一个豪华的客厅，人物都穿着"踢死兔"在火炉旁边谈天，外面风雨交作。

贵宾有周润发、钱小豪，少不了原作者。由倪匡扮演自己，最适当不过了。当年倪匡从来没有上过镜，是个噱头。但要说服他演戏，总得下一番功夫。

在电话上说明后，他一口拒绝。但我说借的外景地是香港最高贵的会所大厅，而且……而且……他即刻追问："而且什么？"

我说而且还有多名美女，喝的酒是真材实料的路易十三。倪匡即刻答应。我打蛇随棍上，称要穿晚礼服的。

"我才不穿什么'踢死兔'！"倪匡说，"长袍马褂好了。"

那种气派的场面，怎能跳出一个穿长袍马褂的中古人？我大叫不不不不。第二天就强迫他去买戏服。

在这之前，我叫制片打电话给代理商，路易十三的空头支票一开，到时没有实物交代不过去，好在代理商大方，赞助了半打。

我们在置地广场的各家名牌店中，替他选了白衬衫、黑石衫扣腰带、袖扣和发亮的皮鞋，但就是买不到一件合他的身材的晚礼服。

倪匡长得又肥又矮，在喇叭裤流行的时代，他从来没有感受过，因为他买喇叭裤时，店员量了他的腿长，把喇叭裤脚一截，就变得"不喇叭"了。

最后只有到Lane Crawford，试了十几套，到最后店员好歹在货仓底中找出了一件，试穿之后，意外地合身。倪匡拍额称幸，问店员说怎能找出那么合身的东西。店员也很老实："哦，我想起来，是一个明星七改八改之后订下的，结果他没来拿。他好像姓曾的，对了，叫曾志伟。"

倪匡听了一脸乌云，不出声地走出来，我们几人笑得跌在地上，后来才追着跟出去。经过史丹利街的眼镜店，我看到倪匡戴的黑框方形眼镜，一点也没有作家的形象，就把他拉进去。

我选了一副披头士约翰·列侬常戴的圆形眼镜，叫他一试。

"这么小一副，会不会显得眼睛更小？"他犹豫。

"不是更小，是根本看不见。"我心里想说，但说不出口。倪匡这个人鬼灵精，早已猜到，瞪了我一眼，那时我才看到一点点。

一切准备就绪，戏开拍了。

灯光师在打闪电效果的时候，我们已经干掉了一瓶路易十三。

倪匡被大明星和专门请来的高大的时装模特儿包围，乐不可支。他穿起那套晚礼服，居然也有外国绅士的样子。

周润发等演员都喝了酒，有点微醉，大舌头地讲对白，轮到倪匡，他口齿伶俐，一点也没有平时讲话口吃的毛病，把对白交代得一清二楚。因为没有人可以配他的口气，当时是现场收音的，竟然一次过，没有NG。

周围的人都拍掌，说他是一个天生的演员。

一位大波妹模特儿大赞："真像一个作家。"

倪匡又瞪了她一眼："本来就是作家嘛。演作家还不像作家，不会去死？"

戏拍完后，倪匡上了瘾，从此进入演员时代。

他也爱上那副圆形眼镜，还问我说电影道具是否可以留下。我说我是监制，说留下就留下。不但如此，连那套"踢死兔"也奉送，因为我知道也不是很多人能穿的。

倪匡的第一部电影拍得很顺利，到了第二部就出乱子了……

有部戏叫《群莺乱舞》，是部描写石塘咀花街时代的怀旧戏。

演员有关之琳、利智、刘嘉玲、王小凤、郑少秋、王晶、郑丹瑞、秦沛等人，现在要召集这群大牌，已不易。

何嘉丽唱的主题曲《夜温柔》，至今绕耳。

"我扮演个什么？"倪匡问。

我回答："嫖客。'马上风'死掉的嫖客。"

在电话中，我听到倪匡大笑。

后来倪太告诉我，有个无事生非的八婆向她说："蔡澜真会揾倪匡的笨[1]，叫他演作家也就算了，叫他当嫖客，简直是侮辱了大作家。"

倪太听了不动声色地说："倪匡扮作家、嫖客，都是本行。"

在片场搭了一堂豪华的妓院布景，美术指导出身的导演区丁平，一丝不苟地将石塘咀风情重现，连酒席中的斧头牌三星白兰地，也是当年货。

我生不逢时，没有去过石塘咀，现在置身其中，被穿旗袍的美女围绕，一乐也。电影制梦，令人不能自拔。

和倪匡喝了一轮酒后先告退，回家睡觉，到了半夜，区丁平气急败坏地打电话吵醒我："大事不妙，倪匡喝醉，不省人事，戏拍不下去了，怎么是好？"

我懒洋洋地化解："继续拍好了。你难道没有听过一个喝醉酒的嫖客？"

区丁平一听也是，挂上电话后就把醉醺醺的倪匡放进轿子里，被人抬进洞房，开演了！

翌日倪匡清醒，接着拍戏，这时他的演员道德好得不得了，非常投入，因为和他演对手戏的是利智。当年利智选"亚洲小姐"，没有一个人看好她，倪匡一口咬定非她莫属。利智当选后做演员，当然报答倪匡慧眼识英雄之恩，把他当老太爷一

1　揾笨：粤语中通常指占人便宜或把别人当傻子来耍的意思。

164

般地服侍。

后来，倪匡对他的演员生涯，更是着迷。

之后，文隽当导演也请他，洪金宝当导演也请他，拍了不少电影。

至于倪匡的片酬，他以日计，每天两万块，拍个十天八天，照收二十万。

"值得值得！"文隽大叫，"请了那么一个大作家，香港、台湾、星马（指新加坡和马来西亚）都有市场！"

文隽自己也写文章，在现场对这位文坛老前辈，"倪匡叔"长"倪匡叔"短地招呼。

倪匡又瞪着那双不大看得到的眼睛："缩、缩、缩！不缩也给你叫缩了！"

所有的电影也不单是文戏，有次倪匡演洪金宝的戏，怎能不打？

那场戏是和一个大只佬（意为大块头）打架，被他一踢，倪匡滚下楼去。

倪匡坚持不用替身，说："我胖得像一个气球，滚下去一定好看！"

洪金宝说什么也不肯，不过，他说："要是拍的话，留在最后一个镜头。"

倪匡想想，还是临阵退缩，这次可真的被文隽叫得应了。

一部接一部，倪匡不只在香港拍戏，还跟着大队到外国去出外景。

林德禄导演的《救命宣言》在香港借不到医院的实景，拉队到新加坡去拍。不是主角的倪匡自掏腰包，坐头等舱，入住五星级酒店，好不威风。

倪匡演一个酩酊大醉的老医生，演对手戏的是差点当了他媳妇的李嘉欣。

倪匡戏份颇重，不同以往客串性质的角色，林德禄对演员的要求也高，但倪匡应对自如，反正医生是没当过，醉，却是拿手的。

有场戏，需内心表情，林德禄拍倪匡的特写。倪匡正在动手术，为人开刀，口戴面罩。

"匡叔！演戏呀！演戏呀！"林德禄叫道。

"戴着这种口罩，怎么演嘛？"倪匡抗议。

"用眼睛演呀，用眼睛演呀！"林德禄大叫。

倪匡气恼，拉掉口罩摔在地下，骂骂咧咧道："你明明知道我眼睛那么小，还叫我用眼睛演戏！你不会去死！"

禄叔垂头丧气，举手投降。

写了几百个剧本，倪匡却没有现场的经验，从来不知道拍戏要打光的。他常说，拍戏容易，等待打光最难耐，可以和美女吹牛皮，那又不同。但对着的是李嘉欣，倪匡无奈，只有继续发脾气。

又有一部叫《僵尸医生》，倪匡这次可不演医生，但也不演僵尸，扮的是抓鬼的道士。

倪匡扮相没有林正英那么权威，但滑稽感不逊任何演员，反正是喜剧，他演起来得心应手。

话说那鬼佬吸血僵尸来到香港，还带来一条性感鬼婆女僵尸，倪匡演的道士把女僵尸收服，用手抓着女僵尸的双腿，提上来看看她死去没有。

本来戏的要求是抓着她的双踝的，但倪匡矮，只能抓到她的双膝，一举起来，正对着吃惯牛油的女僵尸的生殖器，倪匡即刻放手，落荒而逃，那女僵尸跌到差点断颈。

我在旁边看了，大叫："政府机构，民政司处！"

倪匡即刻会意："你这衰仔，用广东话骂我闻正私处！"

说完要以老拳来击我脑袋，这次轮到我落荒而逃。

至情至性黄霑

黄霑和陈惠敏终于结婚了。

别误会，黄霑没有同性恋的倾向，这个陈惠敏不是武打明星陈惠敏，是位叫云妮的小姐，比黄霑小十七岁，是他从前的秘书。

早在做《今夜不设防》电视节目时，黄霑就告诉我们关于云妮的事。

"简直像金庸小说里的人物。"倪匡说，"怎么可以不要？一个男人，一生中，有多少个像云妮那么死心塌地爱你的？你不要让给我。"

当然倪匡是说着玩的，黄霑是死都不肯让出，所以才搞到今天结婚这种后果。

在十一月初，黄霑和云妮从香港直飞三藩市，先拜访倪匡这个老友。黄霑前一阵子每天上镜，累死他了，和倪匡说了一会儿之后便回酒店，大睡数十个小时。我们听了，点头说此时是真睡，不是和云妮亲热，要是洞房那么长时间，怕他已经虚脱。

在三藩市住了三天，便飞拉斯维加斯。大家都知道，这是天下结婚最方便、最快的地方。

"一到了马上办好事？"我们做急死太监状，盘问黄霑。

"当然不是啦。"他说，"我们先去看赌场的表演，又去吃一餐中饭。遇到澳门来的叶汉先生，认得出我，还帮我埋了单。"

"后来呢？"我们又追问。

"虽然说是去结婚的。"黄霑回忆，"但是云妮还没有最后答应。"

我们心里都说：到了这个地步，还不点头，天下岂有这等怪事。

只好等着他耍花腔，耐心地听他讲下去。

黄霑说："到了第三天，我们在街上散步，我才向云妮建议：现在结婚去。"

"她点头了？"我们假装紧张地问。

"唔。"黄霑沾沾自喜。

"是不是在教堂举行婚礼的？"

"不是。"黄霑说，"不能直接到教堂。"

这又是怪事了。

"先要领取一张结婚准证。"

"什么准证？"

这次是他的第二回，以下是黄霑的结婚故事：

我们必须先去一个政府机构，说出护照号码，登记什么国籍的人等。一走进去，那个政府官员在看我身后有没有人，又指着云妮，问道："这是不是你的女儿？你的太太呢？"

我说这就是我要结婚的人。那官员听了羡慕得不得了，马上替我们登记，然后收费。

"多少钱？"我问他。

"75块。"

"这么贵！"我说。

"那是两人份的登记费呀！"他说。

我心中直骂：废话！结婚登记不是两人份是什么，哪里有一人份的。

也照付了钱，问他说："附近哪一家教堂最好？"

"都差不多。"他说，"就在我们对面有家政府办的，你要不要去试试看？"

当然是政府办的，比私人办的正式一点，我就和云妮走过了一座建筑物，它不像是一个让人结婚的地方，倒像一家医院。

门口有一个黑人守着，这地方是24小时营业的，生意好像不是太兴隆，所以那个黑人跷起双脚，架在门上睡觉。

我把他叫醒，说明来意，他即刻让我们进去。

里面只剩下一个女法官在办公，她是国家授权，让她替人家主礼的。

她一看到我们，又望我的身后有没有人，指着云妮说："这是不是你的女儿？你的太太呢？"

差点把我气死了。

她要先收费，又是75块美金，两人份。

"跟着我说。"她命令，"我，黄露，答应不答应迎娶陈惠敏，做我的法律上的妻子，爱她、珍惜她，在健康的情形，或在生病的状况，直到死亡为止？"

我们都说一声："I do（我愿意）。"

她问我："有没有带戒指？"

我们哪有准备这些东西？摇摇头。

"不要紧。"她说完从桌子上拿了两个树胶圈，让我们互相戴上，大功告成。

女法官在结婚证上签了名，盖上印，交给了我。

我一看，看到证婚人的栏上，写着一个叫罗拔·钟斯的名字，从不相识，便问她道："谁是罗拔·钟斯？"

女法官懒洋洋地说："就是他。"

指的是睡在门口的那个黑人。

丁先生的放浪形骸

怀着沉重的心情，告诉大家，丁雄泉先生已经在二〇一〇年
五月十七日仙游。

是他女儿美雅传来的电邮，附着一张丁先生的照片，和他写
过的一首歌颂雨后夕阳的诗：

> 每天一张新画，五十里长，在这世界，没有一家博
> 物馆可以挂上；我非常非常高兴，只想喝香槟，看到天
> 使，这是一个下雨天，天使在我心中画画和歌唱。

丁雄泉先生的人生，就像他那五十里长的画。气派，是那么
的巨大。

大白天他就猛灌香槟，一开几瓶。鹅肝酱牛扒香肠当小食，
在客厅中堆积如山。

画室改自学校的室内篮球场，天花板上亮着上千管日光灯，
各角落布满鲜红的洋葱花，整室的厨房味道。地下淌的是作画时

余留的色彩，变成一大幅抽象的作品。

丁先生来了香港，我们两人到了餐厅，一叫就是一桌菜，十二道。到了海边，鱼一蒸七八尾，螃蟹、龙虾、贝类无数，他喜好的蓝色威士忌，也和香槟一样，喝数瓶。

带他来到九龙城街市，食肆去了一家又一家，最后还吃他最爱的水果——大西瓜，一人一个。

真正的所谓艺术家脾气，我只有在丁雄泉身上看到，他的放浪形骸，令人咋舌。旺盛的精力，绝对不像是一个七八十岁的人。

一次和他到日本冈山去吃水蜜桃，温泉旅馆墙薄，他女友的呻吟声，整夜不休。那么雄壮的男人，意想不到，竟会跌倒了不醒。

他在昏迷状态中时，去阿姆斯特丹看他，只见他双眼瞪着天花板。我连叫数声，无反应，及至快要离去时，似乎看到他眼边有一颗泪珠。

在想些什么呢？是不是大喊："我还要画画，我还要做爱，放我出来！"

这种昏迷的日子，一经数年。其家人不想对外公布他的病情，我也再没有提及。只是侧闻他被从那篮球场画室搬到一个小病房，我心中痛苦倍增，说不出话来。

当今他离去，我们这群好友，应该庆幸，还是悲伤？反应已逐渐麻木，很对不起地向丁先生说一句，没有去荷兰参加他的葬礼。相信他在天之灵，也能理解。

丁先生一定会说："吃吧，喝吧，创作吧。这世界是美好的，充满色彩。"

的确，自从第一次看到丁先生的作品，就被那强烈的色彩深深吸引，从一个只有黑白的宇宙，回到缤纷世界。

不断地买丁先生的画册，心中佩服，但无缘见面。一次，他在艺术中心开画展，赶去了，见到他被众多记者包围，也不好打扰。

后来终于有机会攀谈起来，他说："我一直看你的散文呀。"

这时又惊又喜，两人有无穷的话题。结识多年，有次鼓起勇气，要求向他学画，想不到他即刻点头："我不能教你怎么画，我只可传授你对色彩的感觉。"

也没有接受我拜师之礼，只当朋友，所以我从来没叫他为丁老师，一向以先生称呼。

每年，他会东来，我又尽量到他的阿姆斯特丹的画室学习，知道了原在别人手里那大蓝、大红、大绿的丙烯（Acrylic），怎么变化为充满生命激情的悦目的色彩。

一次，他从画架中取出一幅只有黑白线条的淑女画，对我说："你上色吧。"

不知道从何来的勇气，我大笔涂上，他也拿起画笔，丙烯喷到我们两人的身上。

"不够，不够。"他命令，"还要大胆，还要强烈，像吃饭，像喝酒，像做爱，放胆做得淋漓尽致！"

最后，我精力已用完，丁先生很给面子，在边款上写着某某年，和蔡澜合写。

他儿子有一个古怪的中文名，叫击夕。事后对我说："父亲一向视作品如宝，不轻易送人，他能让你涂鸦画作，可见当你为亲人。"我听了深感欣慰，至今不忘。

因为离他的画室不远，我每次都在阿姆斯特丹的希尔顿酒店下榻，学过画后他陪我散步，送我回去。路经一不知名的大树，两人合抱不了，枝干垂至河面，每次他都感叹："生命力那么强，养着几百万的叶子，大自然是那么美好！"

丁雄泉先生的原画，价值不菲，但他的海报印刷品全球销量惊人。拥有了一张，整个家像照入了阳光，布满花朵，就像那棵大树，一直活了下去。

安息吧，丁雄泉先生。

永远的陈小姐

第一次遇到陈宝珠小姐本人。

何太太来吃越南东西，和她一起到九龙城的"金宝越南餐厅"去，我做陪客。

陈小姐温文尔雅，名副其实的淑女一名，样子还是那么美丽。

人生总要进入的阶段，陈小姐也来到了，她给我的感觉只能用英文的"graceful"来形容，字典上这个词译为"优雅的""合度的"，都不能表达。

前几天晚上我们一班人吃饭时也讨论过"grace"这个词，研究了它与宗教的关系，是上帝的恩典。"A State of Grace"更是上帝恩典的状态。如果用中文的"天赐"，也俗了一点。

餐厅吴老板要求与陈小姐合照，作为私人珍藏，由我抓相机。拍后我也不认输，和她一起拍了一张，大叫："发达啰！"

饭后驱车到花墟散步，陈小姐没有来过，处处感到新奇，花名问了又问。

"这是什么？"她指着一堆植物问。

"猪笼草。"我说，"由荷兰进口，改了一个'猪笼入水'的名字，卖得很好。"

"香港人真会做生意。"她说。

这时出现了一位中年妇女，兴奋地招呼宝珠姐。陈小姐转身一看，即认得她，向我说："是我的影迷。"

影像即刻出现了两帮人大打出手的回忆。陈小姐问她："今年多少岁了？"

"四十七。"她含羞回答。

"姐姐呢？"陈小姐还记得。中年妇女即刻用手提电话联络，陈小姐亲切地和她谈了几句，收线（即挂断电话）后告诉我，姐姐当年更是疯狂。

中年妇女还讲了一个秘密，原来陈小姐是懂得种花的，但她一直没提起。

"叫我宝珠，或英文名字。"她向我说。

我微笑不语。叫陈小姐，因为在我们的心目中，她永远是小姐。

真正的老友，是一生的感动

董慕节先生欢宴倪匡兄，我做陪客，从澳门赶了回来。

约好在陆羽茶室三楼，我去了那么多次，还不知道可以从旁边乘电梯上去。以为到早了，原来董先生夫妇已在那里等待，还有音乐界名人苏马大也在座。

两位都是我好久未见的朋友，董先生还是满面红光，童颜鹤发，活像一个出现在武侠小说中的人物。

"今年贵庚了？"我问。

"属鼠，八十三了。"董先生笑着说。一点也不像八十三。

"别在我面前卖老，我八十七了。"苏马大说。更是不像。

董太太也如以前看到般那么端庄，保养得奇好。菜上桌，董先生有些肥腻的东西已不吃了。

"医生吩咐的。"他说。

倪匡兄嬉笑："世界上有两种人的话不可以听，一是医生的，一是太太的。"

"没有医生和太太，日子也不好过。"董太太反击。

"可以这么说吧：要活得逍遥自在，那两种人的话不能听；要活得健康安乐，两种人的话都要听。我强调的是健康安乐。不听医生的得不到健康，不听老婆？哼哼！女人唠叨起来，绝对得不到安乐。"倪匡这么一说，座上的男人都鼓掌赞同。

　　女士们也任由他胡说八道，这一餐，吃得很丰富，陆羽茶室的名菜都出齐了，饭后倪匡兄说了一件最近发生在他身上的事：

　　"我去一家出名的店铺吃龟苓膏，老板走出来，说店里有一个你认识的老友，说着往墙壁上一指，我只看到一片龟壳，以为他在骂我和乌龟做朋友，后来仔细一看，是蔡澜为他店里写了一幅字。"

　　大家听了大笑，度过了一个愉快的晚上。

我们是同学

旅行时，把记忆留下，有些人用相机，我则用文字。但这两种方式都不能与当地人发生接触，对一个地方的观察不够深入。就算你够胆采取主动，语言也是一个很大的障碍。

最好的办法莫过于画画，拿了一张纸头和笔墨，见到有趣的人物画张漫画，对方一看，笑了出来，朋友就好交了。

画得像是不容易的，所以要找好老师，有什么人好过尊子呢？有天晚上一起吃饭，我向他强求："请你做我的师傅吧！"

尊子笑了："画画不难，一定要找到一个符号。大家对这个人的印象是什么？你把他们心中想到的画出来，就像了。"

说得太玄、太抽象了，不懂。

"还是到你家去，当面再过几招给我行不行？"我贪心得很。

"先过我这一关。"尊子太太陈也说。

"嗯？"我望向她。

"先带几个俊男给我看看，我喜欢的话就叫尊子收你为徒。"陈也古灵精怪地说。

"要带也带美女去引诱尊子，带俊男给你干什么？"我问。

陈也笑得可爱："美女我也喜欢，照杀不误。"

一时间哪去找那么多俊男美女？不让我登门造访，只有等下次聚餐带上纸笔，在食肆中要尊子示范给我看看。

大家见面，尊子带了一本美国著名漫画家赫希菲尔德（Hirschfeld）的作品集给我。

"看了这本书，自然能学会。"他说。

记得第一次拜冯康侯先生学书法时，他拿出一本王羲之的《圣教序》碑帖，向我说："我也是向他学的，你也向他学。我不是你的老师，你也不是我的学生，我们是同学。"

古龙、三毛和倪匡

三十多年前，我在台湾监制过一部叫《萧十一郎》的电影。徐增宏导演，韦弘、邢慧主演，改编自古龙的原著。买版权时遇见古龙，比认识倪匡兄还早。

数年后我返港定居，任职邵氏公司制片经理，许多剧本都由倪匡兄编写，当然见面也多了。

有一次，我们三人都在台北，到古龙家去聊天，另外在座的是小说家三毛。

当晚，三毛穿着露肩的衣服，雪白的肌肤，看得倪匡和古龙都忍不住偷偷地跑到她的身后，一、二、三，两人一齐在左右肩各咬一口。

可爱的三毛并不生气，哈哈大笑。

那是古龙最光辉的日子，自己监制电影，又不停地著作电视剧。住在一豪宅中，马仔数名傍身，古龙俨如一黑社会头目。

古龙长得又胖又矮，头特别大，有倪匡兄的一个半大那么巨型，留了小胡子，头发已有点秃了。

"我喜欢洋妞，最近那部戏里请了一个，漂亮得不得了。"古龙说。

"你的小说里从来没有外国女人的角色。"三毛问，"电影里怎么出现？"

"反正都是我想出来的，多加几个也不要紧。"古龙笑道，"有谁敢不给我加？"

"洋妞都长得高头大马。"我骂古龙，"你用什么对付？"

大家又笑了，古龙一点不介意，一整杯伏特加，就那么倒进喉咙。是的，古龙从来不是"喝"酒，他是"倒"酒，不经口腔直入肠胃。

这次国泰航空开始直飞美国三藩市，要我们来拍特辑，有李绮虹、郑裕玲和钟丽缇陪伴。倪匡兄在场，"哈哈哈哈"四声大笑后说："有美女、好友作乐，人生何求？"

话题重新转到三毛和古龙。

"我和三毛到台中去演讲，来了七八千个读者，三毛真受欢迎，当天还有几个比较文学的教授，大家介绍自己时都说是某某大学毕业。轮到我，我只有结结巴巴地说我只是小学毕业。三毛对我真好，她向观众说：'我连小学都还没毕业。'"倪匡兄沉入回忆。

"听说古龙是喝酒喝死的，到底是不是真的有这么一回事？"郑裕玲问。

"也可以那么说，我和古龙经常一晚喝几瓶白兰地，喝到第二天去打点滴（输液）。"倪匡兄说，"不过真正的原因是这样的，有一次古龙去杏花阁喝酒，一批黑社会来叫他去和他们的大哥敬酒。古龙不肯。等他走出来时那几个小喽啰拿了又长又细的小刀捅了他几刀，不知流出多少血来，马上送进医院，医院的血库没那么多，逼得向医院外面路边的吸毒者买血。血不干净，结果输到有肝炎的血液。"

我们几人听了都"啊"地一声叫出来。

倪匡兄继续说："肝病也不会死人，但是医生说不能喝烈酒了，再喝的话会昏迷，只要昏迷三次，就没有命。医生说的话很准，但古龙照喝不误，结果我听到他第三次昏迷时，知道这回已经不妙了。"

"古龙对于死是有迷恋的，他喜欢以这个方式走。"我说。

倪匡兄赞同："三毛对死也有迷恋。"

"听说她以前也自杀过几次。"郑裕玲说。

"唔。"倪匡点头，"古龙死的时候，才四十八岁，真是可惜。"

倪匡兄仔细描述古龙死后的怪事："他那么爱喝酒，我们几个朋友就买了四十八瓶白兰地来陪葬，塞进棺材里。他家人替他穿了件寿衣，还替他脸上盖了块布，我们说古龙那么爱喝酒，不如就陪他喝吧，结果把那几十瓶酒都开了，每瓶喝它几口，忽然……"

"忽然怎么啦？"我们紧张得不得了。

倪匡说："忽然古龙从嘴里喷出了几大口鲜血来！"

"啊！"我们惊叫出来。

"人死了那么久，摆在灵堂也已好几天，怎么会喷出鲜血来？这明明是还没有死嘛，我们赶快用纸替他擦口，不知道浸湿了多少张纸，三毛和我都说他还活着，殡仪馆的人一定要把棺材盖盖上，他们怕是尸变。我一直抱着棺材，弄了一身涂在棺材上的桐油。"

"结果呢？"我们追问。

"结果殡仪馆叫医生来，医生也证明是死了，殡仪馆的人好歹地把棺材盖盖上，我也拿他们没有法子。"倪匡兄摇头说。

郑裕玲、李绮虹和钟丽缇三位美女听了吓得失声。

"都怪你们在古龙面前喝，他那么好酒，自己没的喝，气得吐血！"我只有开玩笑地把局面弄得轻松点。

倪匡兄点点头，好像相信地说："说得也是，说得也是。"

雷伊与我们的电影

印度一年拍三百多部电影，闻名于世的导演是萨蒂亚吉特沙·雷伊（Satyajit Ray）。

二十年前，雷伊以他的"阿普三部曲"夺得许多国际影展的大奖。当时他以黑白的摄影，清淡、纯朴的电影手法去描述一个印度青年的成长，的确是经典之作。

有一年香港国际影视展请他做嘉宾，但不知什么原因让他有一个受冷落的感觉，让人觉得他在香港很孤独。

胡金铨早与他结识，请他到家里去吃饭，客人还有胡菊人、戴天与陆离。

他的书《我们的电影，我们的电影》，读后发现他做电影工作所遭遇到的难题和中国电影一样。做艺术家的困苦，也是不分国籍的。

我很喜欢这本书，当晚带去准备请他在书上签个名留念。

雷伊一进门，发现他是一个身高一米八多，魁梧、英俊的男人，皮肤并没有一般印度人那么黑，像南意大利人。

他有一股高傲的贵族气质，但语气柔和，给人一种容易亲近的感觉。

我们围着他喝酒闲聊，非常融洽。

"我的电影在印度并不受欢迎。"他说，"因为戏里没有歌，也没有舞，更不是长达三个小时的片子，而且用的是方言，并非普遍的印地语，自然观众难以接受。即使我拍印度语电影，印度观众也觉得格格不入。反而，在英国、欧洲其他国家里，我找到一群喜爱我的电影的观众。"

他的言语中带着无限的悲伤。

陆离如数家珍般从他第一部电影谈到最近的一部，而且还能描述每部片子的内容和拍摄技巧。

我第一次看他笑了，笑得很开心。他的电影，在那么遥远的海外有一个知音也够了吧，我想。

一直以为陆离只对杜鲁福较偏爱，哪知道她对雷伊的认识也那么深。

比起她，我真是幼儿园的学生，那本雷伊的著作，留在我身边不如放在她家好，便送给了她。

从未谋面的亲人

　　有很多没有见过的亲人，在家父的描述下，我好像能听到他们的呼吸。我爷爷有个小弟弟，吊儿郎当，有天塌下来都不管的个性。年轻时娶了乡中的一个美丽的少女，经一两年都没生育，我祖母却生了五男二女，将最小的儿子——我父亲——过房给他们。从小爸爸还是不改口地呼称他们细叔细婶，两人都非常宠爱他。

　　老细叔自幼习武，会点穴。一天，在耕田的时候来了两三个地痞欺负他，怎知道给他三拳两脚地打死了一个。

　　当时杀人，唯一走脱的路径便是"过番"。老细叔逃到南洋，在马来西亚笨珍附近的一个小乡村落脚。几番岁月和辛酸，总算买到二十亩树胶园，做起园主，和土女结婚生子。

　　老细婶一直没有丈夫的音讯。她织得一手好布，也不跟我祖母住在一起，于邻近买了一小栋房屋独居。她闲时吟诗作对，不过从来没有上学校的福气，所修的文字，都是歌册上学来。潮州大戏歌曲多采自唐诗宋词。家中壮丁都放洋，凡遇难以处理的纠纷，都来找细婶解决，连我奶奶都怕她三分。

经太平洋战争，我的二伯终于和老细叔取得联络，问他还有没有意思回到故乡。老细叔也不回答，默默地卖掉几亩树胶园，就乘船走了。

石门镇起了骚动，过番三四十年的南洋客竟然回家了。大伙儿都围来看他。拜会过亲戚长辈后，老细叔拎了行李走入家门。

老细婶并没有愤怒或悲伤，打水让他洗脸。只是到了晚上，让他一个人睡在厅中。

翌日，老细婶陪他上坟拜祖先。老细叔又吊儿郎当地在家里住下，偶尔到邻近游山玩水，吃吃妻子做的咸菜，那是世上的美味。

过了一阵子，老细婶向他说："这些年来，我想见你的愿望已经达到。你住了这么久，也应该要回南洋了。"

老细婶送她丈夫上船，又过了多年，老细婶去世。

死后在她家的墙角屋梁上找出百多个银圆，是她一生的储蓄。老细婶没有说过要留给谁，她也不知道要留给谁。

活得多姿多彩，才不枉此生

回到新加坡，惊闻志峰兄逝世了。他英俊潇洒的形象，至今还是活生生的。不过，志峰兄一生可说得上多姿多彩，不枉此生。

三十年前，他常到我们家来座谈，每次都带来一些意想不到的礼物，印象深刻的是那回送给我们一只小黑熊，胸口有块白斑，像小孩一样顽皮，可爱至极。长大后，我们常和它摔跤，后来它的力气越来越大，父母亲再也不放心，把它送给动物园，让我们伤心了好一阵子。

起初只知道志峰兄是个普通的印度尼西亚华侨，混熟了才知他极富有，又是大学生，对中国文学亦有研究，而且擅于写旧诗，真是失敬得很。

家父亦好此道，所以志峰兄一坐就是数小时，我们听不懂诗词的奥妙，只会玩他带来的礼物。现在想起来真后悔。

有一回，他又拿了两尾色彩缤纷的鲤鱼相送，家父外出，他闲着无聊，就给我们兄弟讲《白秋练》的故事。

他口才好，形容得那条鱼精似活生生的，不逊蒲松龄的口述，也启发了我们对《聊斋》的爱好。

当时，志峰兄二十多岁，尚未娶亲，他的朋友说他头脑有毛病，对婚姻怀有恐惧，死守独身主义。

志峰兄的理论是："女人嘛，缠上身后每天相对，总会看厌的。"

他自己住在一座大洋房里，花了不少钱装修，但从来不让朋友上他的家。

友人不死心，一定要为这间屋子加上个女主人，纷纷给他介绍女友。

"想喝杯牛奶何必养一头牛？"志峰兄笑着说，"一个人清清静静多好。"

直到有一天，志峰兄病了，他的好友见他几天不上班，不管三七二十一地带了医生冲进他的家，才看到整座屋子布置得像好色埃及法老的皇宫。

据他的老管家说，他主人一年三百六十五天，每晚都换新女朋友，有时还不止一个。奇怪的是，第二天，她们走出来时，没有一个愁眉苦脸的，都是心满意足。

至于说志峰兄为什么不结婚，并非他没有这个念头，只是他有双重性格，一方面放荡不羁，另一方面却是个虔诚的天主教徒，认为结过一次婚后就不能再娶。

原来志峰兄十七岁那年，他父亲在他们普宁的乡下为他娶了个大他几岁的老婆。这女人性欲极强，志峰兄虽然年轻力壮但也吃不消，产生了自卑感。

有一回，他父亲派他到外面去做生意，又是生龙活虎，比其他的人了得。

回家后，他找了要再读书的借口，跑到汕头，接着偷偷溜到印度尼西亚去投靠他的叔父。叔父开的是橡皮工厂，拥有许多树胶园，割树胶的却是女工，皆于黎明出发收割，志峰兄当然也跟着去了。

她们却让他摆平，工作的效率日渐减低。当女工一个个大着肚子去告密后，他叔父把志峰兄赶出树胶园。志峰兄到处流浪，做做杂役，给他半工半读地念完万隆大学，他精通印度尼西亚文和荷兰语，考试都是第一名，闲时上教堂，也念念不忘中国文学，吟诗作对。

受过树胶园的教训之后，志峰兄虽然重施故技应付女同学，但是已变成有原则，那便是永远要穿雨衣登场。

"衣服穿惯了，就是身体的一部分，雨衣也是一样的。"志峰兄说。

但是，他的朋友不知道他在胡扯些什么，只觉得这个虔诚的教徒很古怪。

他的同学之中，有个是高官的儿子。志峰兄搭上这关系做起生意来，不出数年给他赚个满钵。

志峰兄一直进行他的秘密游戏，有一天，他忽然停止了一切活动，自己写了立轴道：白发满头归不得，诗情酒兴意阑珊。

　　大家以为他是机关枪开得太多，但真正的原因是他听到了发妻去世的消息。

苏美璐

为我的书画插图的人，叫苏美璐，是位不食人间烟火的女孩子。

她样子极为清秀，披长发，不施脂粉，个高，着平底布鞋。

不知从什么时候开始，我们之间产生了很强的默契，每次看到她的作品，都给我意外的惊喜。

像我写了墨西哥的一位侍者，她没见过这个人，但依文字画出来的样子像得不得了，我拿去给一起去墨西哥拍外景的工作人员看，他们都把侍者的名字喊了出来。

画我的时候，她喜欢强调我的双颊，样子十分卡通，但把神情抓得牢牢的。

办公室中留着她的一幅画，是家父去世后我向诸友鞠躬致谢的造型。全画只用黑白线条，我把画裱了，将旧黄色和尚袋剪了一小块下来，贴在画上，只能说是画蛇添足，但很有味道。

写倪匡的时候，她为我画了两张，其中之一，倪匡身穿"踢死兔"晚礼服，长了一条很长的狐狸尾巴，倪匡看了很喜欢，说文字虽佳，但插图更美，要我向苏美璐讨了，现在挂在他三藩市的家的书房中。

时常有些读者来信询问她的地址，要向她买画。美璐对自己的作品似关心又不关心，画完了交给杂志社，从来不把原稿留下，倪匡的那两张，她居然叫我自己向《壹周刊》要就算了。

美璐偶尔也替《时代》周刊和《国泰》航空杂志画插图，今年国泰航空赠送的日历，是她的作品。

而美璐为什么住大屿山，她说生活简单，房租便宜，微薄的收入，也够吃够住的了。

我在天地图书出版的一系列散文集，因再版多次，可以换换封面，刘文良先生已答应请美璐重新为我画过，相信她会答应。

到年底，她与夫婿搬回英国，我将失去一位好朋友，虽未到时候，人已惆怅。

老人与猫

　　岛耕二先生在日本影坛占着一席很重要的位子，大映公司的许多巨片都是由他导演，买到香港来上映的有《金色夜叉》和《在有乐町相见吧》等，相信老一辈的影迷会记得。

　　出身是位演员，样子英俊、身材魁梧，当年身高超过一米八的日本人不多。

　　我和岛耕二先生认识，是因为请他编导过一部我监制的戏，谈剧本时，常到他家里去。

　　从车站下车，徒步15分钟方能抵达，在农田中的一间小屋，有个大花园。

　　一走进家里，我看到一群花猫。

　　年轻时的我，并不爱动物，被那些猫包围着，有点恐怖的感觉。

　　岛耕二先生抱起一只，轻轻抚摸："都是流浪猫，我不喜欢那些富贵的波斯猫。"

　　"怎么一养就养那么多？"我问。

"一只只来，一只只去。"他说，"我并没有养，只是拿东西给它们吃。我是主人，它们是客人。'养'字太伟大，是它们来陪我罢了。"

我们一面谈工作，一面喝酒，岛耕二先生喝的是最便宜的威士忌——Suntory Red，两瓶份一共有1.5升的那种，才卖五百日元，他说宁愿把钱省下来买猫粮。喝呀喝呀，很快就把那一大瓶东西干得精光。

又吃了很多岛耕二先生做的下酒小菜，肚子一饱昏昏欲睡，就躺在榻榻米上，常有腾云驾雾的美梦出现，醒来发觉是那群猫儿用尾巴在我脸上轻轻地扫。

我浪费面纸的习惯，也许是由岛耕二先生那里学回来的，当年面纸还是奢侈品，只有女人化妆时才肯花钱去买，但是岛耕二先生家里总是这里一盒那里一盒的，随时抽几张来用，他最喜欢为猫儿擦眼睛，一见到它们眼角不清洁就向我说："猫爱干净，身上的毛用舌头去舔，有时也用爪洗脸，但是眼缝擦不到，只好由我代劳了。"

后来，到岛耕二先生家里，成为每周的娱乐。之前我会带着女朋友到百货公司买一大堆菜料，两人捧着上门，用同一种鱼或肉，举行料理比赛，岛耕二先生做日本菜，我做中国的。最后由女朋友当评判，我较有胜出的机会，女朋友是我的嘛。

我们一起合作了三部电影，最后两部是在星马出外景。遇到制作上的困难，岛耕二先生的袖中总有用不完的妙计，抽出来一件件发挥，为我这个经验不足的监制解决问题。

半夜，岛耕二先生躲在旅馆房中分镜头，推敲至天明。当年他已有六十多岁。辛苦了老人家，但是我并不懂得去顾惜，不知道健壮的他，身体已渐差。

岛耕二先生从前的太太是大明星、大美人轰夕起子，后来的情妇也是年轻美貌的，但到了晚年，却和一位面貌平凡、开裁缝店的中年妇人结了婚。

羽毛丰富的我，已不能局限于日本，飞到世界各地去监制制作费更大的电影，不和岛耕二先生见面已久。

后来他逝世的消息传来。

我不能放弃一班工作人员去奔丧，第一个反应并没想到他悲伤的妻子，反而是："那群猫怎么办？"

回到香港，见办公室桌面有一封他太太的信。

……他一直告诉我，来陪他的猫之中，您最有个性，是他最爱的一只。

（啊，原来我在岛耕二先生眼里是一只猫！）

他说过有一次在槟城拍戏时，三更半夜您和几个工作人员跳进海中游水，身体沾着漂浮着的磷质，像会发光的鱼。他看了好想和你们一起去游，但是他印象中的日本海水，连夏天也是冰凉的。他身体不好，不敢和你们去。想不到你不管三七二十一地拉他下海，浸了才知道水是温暖的。那一次，是他晚年中最愉快的一个经历。

逝世之前，NHK派了一队工作人员来为他拍了一部纪录片，题名为《老人与猫》，在此同时寄上。

我知道您一定会问主人死后，那群猫儿由谁来养？因为我是不喜欢猫的。

请您放心。

拜您所赐，最后那三部电影的片酬，令我们有足够的钱去把房子重建，改为一座两层楼的公寓，有八个房间出租给人。

在我们家附近有间女子音乐学院，房客都是爱音乐的少女。有时她们的家用还没寄来，就到厨房找东西吃，和那群猫一样。

吃完饭，大家拿了乐器在客厅中合奏。古典的居多，但也有爵士，甚至于披头士的流行曲。

岛先生死了，大家伤心之余，把猫儿分开拿回自己房间收留，活得很好……

读完信，禁不住滴下了眼泪。那盒录影带我至今未动，因为知道看了一定哭得崩溃。

今天搬家，又搬出录影带来。

硬起心放进机器，荧光幕上出现了老人抱着猫儿，为它清理眼角，我眼睛又湿，谁来替我擦干？

一辈子的人生

常听到友人罗卜蔡说，星期天早上几个人相聚在一起，做私家菜吃。好生羡慕，央求他带我去一次。

终于约到了，罗卜蔡一早接了徐胜鹤兄又来我家，驱车到九龙湾的一座大厦，把车停好，一同乘电梯到顶楼。那是一间老板办公室，墙上挂着字画。一进门口，左边就是小厨房，有一位老太太和另一个光头的老者在里面做菜，老者瞪着五元银币般大的眼睛，这是他的特征。罗卜蔡没有介绍，我以为是酒楼的大师傅。

其他友人陆续到来，光头老者捧着菜由厨房走出来，才知道是主人。

"坐，坐。"主人说，"既然来了，就唔使（粤语，意为不用）客气。"

菜式花样不多，基基本本的几个：先是一大锅汤，煮着濑粉；另外两大碗，一碗煲着猪肚、白果和笋尖，一碗大鲩鱼头，都是以汤汁为主；一大碟白切鸡；一碟清炒芦笋；还有一大盘叉烧，是另外一位开酒楼的朋友从店里带来让我品尝的。就此而已。

一大早大鱼大肉，实在幸福。我开怀大嚼，主人看我吃得高兴，也颇为开心。

"这汤怎么那么鲜甜？"我问。

主人轻描淡写："选老鸡4只熬10个钟头。"

"哇。"我说。

"鸡要选走地的，愈老愈好。饲养的一点味道也没有，昨天去内地买回来，晚上刣（粤语，意为杀鸡）了，煲到天亮。4只鸡、3斤猪肉、2两陈皮，就那么简单。"主人说。

很难想象老者连那只白切的，一共拿着5只鸡在罗湖过关的尴尬。也许有工人，但又不像是靠助手帮忙的人。

"我一早就认识你的。但你不认识我。我们买牛肉都是向同一家人买。那条金钱展，不是卖给你就是卖给我。"主人对我颇有知音的感觉。

"鲩鱼头怎么买到那么大的？"我又问。

罗卜蔡代为解释："他一早去鱼档，选最大的那几条鲩鱼，叫人家算整条的钱。只要它们的头，不然鱼档怎么肯卖给你？"

主人笑了："只要算贵一点，未至于要整条买。"

"猪肚怎么洗得那么干净？"我还是要问到底。

"我才不会洗，你去问她！"主人说完指着刚从厨房走出来的那位老太太。

"那是他姐姐，两人相依为命。"罗卜蔡在我耳边说。

"我一买猪肚她看了就生气，我把猪肚一丢给她就马上逃走。"主人像老顽童地说，"喂，蔡先生是食家，这次你不会生我的气吧？"

大姐慈祥地笑："洗猪肚要三洗三煮。"

"三洗三煮？"我问，"什么叫三洗三煮？"

"买了回来，先擦了盐用水洗，冲干净，刮掉肚中的肥膏，再擦生粉洗，然后在滚水中过一过。拿出来，把黏在肚上剩下的那一点点肥膏再刮去，又抛进滚水里煮个15分钟，捞出来过冷河（指粤菜的一种烹调方法），才第三次加白果用老鸡汤煲。"

"哇。"我又折服了，"鲩鱼头也是用老鸡汤煲了？"

主人点头："没有秘诀。"

饱饱。饭后喝陈年普洱茶。

"你们每个礼拜来，是不是合伙出钱买菜的？"我偷偷问罗卜蔡。

罗卜蔡说："没有。都是主人请客。"

"钱算得了什么？"主人收拾碗碟时像是听到了，"我收的租，一生一世吃不完。"

刚刚说到这里，主人用自己的手遮着嘴："这句话不能说得太早，上次说了即刻闯祸。"

"是怎么一回事儿？"我追问。

主人详细道来："我二十世纪四十年代来到香港，没读书，只有去捡垃圾。就是这块九龙湾的土地，以前是个垃圾堆。传说内地人吃苦，哪里有我们那种苦？捡垃圾是从堆得像山的垃圾捡起的，一层又一层，凡是有一点用的都捡，捡到平地，再向洞里找。洞里积了污水，这时候是捞而不是捡了，捞走水中的垃圾，再挖埋在地里的，这才叫作捡垃圾。我勤力，人家睡觉我继续捡，拿去卖。慢慢地，经营起废铜废铁，就是所谓的五金行了。五金行又做大，向银行借钱买下这块垃圾地，和人家合伙建了这座大厦收租。我大姐一直劝我说：'细佬呀，得省吃俭用呀！'我向大姐说：'我们一生一世都吃不完。'话一说，房地产跌价，我欠银行一屁股债。整天唉声叹气。大姐一看到我回来，即刻把所有窗户都关掉，怕我跳楼！"

"后来不是涨回了吗？"我说，"现在又跌，可是你有这栋楼收租，再跌也吃不完呀。"

"还是不说好。"主人用手遮我的嘴。

"吃，尽管吃好了。"大姐走出来说，"穿还是可以省一点。"

主人说："你看我一身穿得像苦力，还不够省？昨天拿鸡回来时，遇到一个人，说这个看更的很会享受。"

"你听了不生气？"我问。

"生什么气呢？"主人说，"我本来就是在看更，替我大姐看更，替我自己看更，看人生的更。"

棠哥与普洱茶

棠哥又派人把普洱茶送到我家。

认识这位朋友真不错，知道我爱喝普洱，一直给我最好的。

"为什么你喝得那么浓？"棠哥最初见到我的习惯即刻问，"根本浓得像墨汁嘛。"

我笑着："肚子里没有，肚子里没有。"

"我才肚子里没有墨水。"棠哥也笑了，"干我们这一行的，都没读过多少书，真是欣赏你们这种文化人，说话够幽默，还会嘲笑自己，不容易呀，不容易。"

"听朋友说你的普洱，是私人收藏得最多的，香港除了英记茶庄之外，就轮到你了。"我说。从来没有问过棠哥是干哪一行的，只知道他的普洱多。

"我算得了什么。"棠哥谦虚地说，"自己喜欢喝嘛，见到了就买。"

"怎么看得出是真是假呢？"我问。茗香茶庄的四哥告诉过我，市面上老普洱的赝品多得不得了。

"和当店学徒一样，师父先让他们看真货，看多了，就知道什么是假的。"棠哥说。

"你家开当店？"我好奇。

"不。"他摇头，"性质有点像罢了。"

既然他不直接回答，就不方便问下去了。

"现在每天还要上班？"我转个话题。

"睡到十一二点才起身。"棠哥说，"饮完茶，休息一会儿。下午三点钟才到公司打一转。晚上吃吃喝喝。老了，什么事都不想干了。星期六也不上班。"

棠哥的样子不过四十多岁，戴副金丝眼镜，斯斯文文的，就是喜欢说自己老。

"现在还买普洱吗？"

"最近到台湾去，进了不少货。"棠哥说。

"台湾？"我问，"怎么不是云南，是台湾？"

"你也知道啦，台湾茶客近年来学会欣赏普洱，拼命来香港收购，价钱都给台湾佬抬高了，所以我好几年不买。上个月这场地震，影响了经济。从前有钱买，现在都等现款用，便宜卖出。不去买，等什么时候？"棠哥一口气说，"从来没有一种货物比普洱涨得那么厉害的，红酒也差得远呢。老普洱贵起来，比几十年前贵几百倍。"

"但是要有财力和眼光呀。"我心想。

"我的普洱一生一世也喝不完，你别买了，我分给你好了。"棠哥大方地说。我还以为他是说着玩的，哪知道他果然记得到做得到。

再次见到他时，向他道谢："你很守信用。"

棠哥说："我最讨厌不守信用的人。干我们这一行的，信用最重要。"

"如果有人不守信用呢？"我问。

棠哥回答得轻松："会有交通意外发生的。"

当时，我并不知道他说的是什么意思。

约好棠哥和好友老徐星期六中午十二点到陆羽茶室饮茶，我觉得棠哥这个人很特别，把事情告诉了林大洋，他也很有兴趣认识这个人物，打电话说要一起来。

我一向不守时。先到。

林大洋也早来了。看到他有点垂头丧气，问明理由。

"把钱借给一个从小玩到大的朋友。"林大洋说，"说好一年内还清，一定守信用，哪知道时间到了向他要回，起初一直推，接着翻脸对我呼呼喝喝，到最后还用粗口问候我老母。"

"一共借了多少？"我问。

"好几百万。"林大洋说，"现在又有一个认识了几十年的朋友向我借钱，我见过鬼怕黑，不知道到底借不借给他才好？他说他三个月内一定还清。"

这时好友老徐也来了，听到林大洋一番话后说："应付这种情形，最好是叫他去找'奸人棠'。"

"你说的是棠哥？"我诧异，"他怎么有这个外号？"

"原来你不知道奸人棠是干什么的？"老徐说，"谁都晓得要找人放高利贷，放得最爽快的就是奸人棠。"

啊，真想不到棠哥是放高利贷的，他的形象和放高利贷的人一点也不吻合。

十二点，挂钟敲打，棠哥走了进来。

为了要表示我已知道他的行业，向棠哥说："我的朋友的朋友，想借钱。"

"做人千万不能向人借钱！"棠哥浩然正气地说，"放高利贷的，都是奸人！"

"这话怎么说？"我问。

"求人家借钱，早上还求不到，那种人睡到十一二点才起身，先去饮茶，到下午三点才去财务公司，星期六还找不到他呢！"棠哥破口大骂，"不过，你们的朋友真的要借的话，只好找这种人，你们文化人千万别借钱给别人，你们不懂得怎么收回！奸人自然有奸人的办法！"

"有些奸人，还很会喝普洱的，你说是不是？"我笑着问他。

棠哥点点头："是的，有些奸人，蛮喜欢喝普洱的。"

真是可爱到极点，我走过去把奸人棠抱了一下。

师兄禤绍灿

禤绍灿比我小十岁，但他拜师早一星期，从此以师兄称之。

刚好是冯康侯老师的小儿子去世，我们问老师是不是暂停一阵子，再来上课。老师摇摇头："失去一个，得了两个。"

之后，我们每星期上一堂课，由王羲之的《圣教序》开始学起。因为老师说："书法主要学来运用，并不是学来开书法展。草书太草，楷书太死板，还是行书用得最多，学会了《圣教序》，日常写字，都能派上用场。"

绍灿师兄之前跟老师学过书法，底子很强。我则一窍不通，从头开始。

绝对不是因为他先学过，我赶不上他。主要是绍灿兄很勤力，我很疏懒。

临了一两年碑帖之后，冯老师才教我们篆刻。这时我兴趣大增，特别用功。老师认为我刀笔朴茂，尤近封泥，送一副对联鼓励，但是禤师兄已牢记甲骨文、金文和大小篆，对刻印的技巧和布局，强我许多。

老师自童年至八十岁，一生奉献于书法、篆刻和绘画，对我们问的问题，无一不以深入浅出的方法解释，但我还是有许多听不懂的地方，下课后，在附近的上海小馆一面喝啤酒，一面请教禤师兄，得益不浅。

东西是吃不下了，因为在上课时，虽然老师收了我们一点象征性的学费，但是每一课都和师母一起喝汤，老师又爱吃甜品，有个"糖斋"的别号，什么蜜饯糖水，吃之不尽。

"你们与其向我学书法，不如向我学做人。"老师说，"做人，更难。"

学问是比不上禤师兄了，但我们两人在老师的影响下，个性同样地变得开朗豁达，受用无穷。

眼看禤师兄拍拖、生儿育女。现在子女都长得和他一般高了，他还是老样子，每天在上海商业银行上班，回家后做功课，十年如一日。

我的生活起伏较多，书法和篆刻荒废已久，但有时受人所托，刻个图章。布局之后，也要先请教禤师兄，看看有什么篆错之处，才敢拿去见人。

当年我住嘉道理山道，绍灿兄的办公室在旺角，我们一星期总有几天去一家小贩和清道夫麇集的"天天"茶楼吃早餐，阔谈文章。虽然不是酒酣耳热，但也有宋人刘克庄所说"惊倒邻墙，推倒胡床，旁观拍手笑疏狂"的感觉。

在不断地努力之下，禤师兄几乎临尽历代名碑帖，看他写字的时候，笔锋左右摇动，身体也跟着起伏，已经学到老师所说的"撑艇荡漾"的境界。到这地步，已经着迷，领略到书法给予人生的欢乐。

而我呢？远远不及，只能坐在岸边旁观罢了。

现在禤师兄借了好友赵起蛟夫妇的地方，在窝打老道和梭椏道之间的松园大厦，每个星期一教课，好些喜爱书法的年轻人都在那里练字。

向冯老师学习，禤师兄也只收些象征性的学费，目的还是一方面和年轻人有个交流，另一方面自己进修。

偶尔，我也去上课，年轻人见到我，叫我师叔，有点武侠小说的味道。

"师叔，请过几招。"他们说。

我多数只是笑而不语。有时技痒，便讲出整张字中布局的毛病。教人我是不会的，但构图不完美，看多了总摸出个端倪，便倚老卖老地指指点点。

同学之中有一位是张小娴的表哥，任政府高职，人生有点不如意。自从我介绍去禤师兄处练字之后，利用书法分散注意力，对人间的冷暖，也看淡了许多。

每逢星期四晚上，禤师兄和一群志同道合的朋友，在庙街的"石斋"雅集。"石斋"本身卖文房用具和艺术书籍，并供应各地制造的书画纸。好友们就地取材，拿起毛笔便写字，闹至深夜，乐融融也。

师嫂非常贤淑，一直在当教员，还要负责家务，身体不是很好，我只能偶尔慰问，惭愧得很。她支持，也欣赏丈夫的成就，从不诉苦。

依绍灿兄的修养，应该开个展才对，但他只在团体书法展中，拿几幅出来给人看看。

老师说过："个展这回事，也相当俗气，开展览的目的离开不了买卖字画。来看的人，懂得欣赏的不多，有时还要应付些可能买画，但又无知的人。向他们解释哪一幅比较好，已经筋疲力尽。"

禤师兄大概有鉴于此，不肯为之吧。

还是默默耕耘，做培养下一辈的功夫。子弟之中，有些颇有灵气，要是他们学到禤师兄的精神，今后自成一家，也毫无问题。

冯老师仙游，我们悲恸不已。好在有禤绍灿师兄，他对老师所说过、所教过的一言一语，都牢牢记忆，变成一本活生生的书法和篆刻的字典。在他身上，我看到冯康侯老师生命的延续，非常欣慰。

记忆中那双美丽的手

　　黄伯伯已经九十多岁了，虽头秃，但身体健壮。衣着随便，永远是白恤衫黑长裤，看起来像个退休了的穷书记。每天早上散步六英里，人家见到跟在他身后的穿白制服的司机驾驶着的那辆劳斯莱斯，才知道对他印象错误。

　　和黄伯伯在一起聊天，发现每次有女孩走过，他的视线总是紧紧地盯着她们的手。

　　有天早上忍不住地问他："为什么？"

　　这是黄伯伯的故事：

　　九岁时父母双亡，被迫去卖甘蔗、橄榄。没钱念书，偷窥私塾窗口，整本《千家诗》强记起来，虽然已熟悉方块字，但还是要靠劳力为生，演傀儡戏、唱南管，甚至被雇抬死人棺材，赚了几个钱后当卖货郎，他每天挑了两个大木箱，走三乡六里，接触过百家少妇，也见过千家少女。

　　一天，我给雷击了，我看到天下最美丽的一双手！

　　我心里想：要是她肯让我摸一摸手，那我宁愿早死十年！

她忽然间好像了解我的心意，转过头来向我微笑。只能在章回小说里出现的事，发生在我身上，但是贫富悬殊，亲事无法提起，我永远不能摸到她柔美的双手。

　　我一气之下来了南洋，二十年奋斗下来，赚了不少钱，我又不死心地跑回乡下看她。

　　"鸡棚里哪有隔夜蚯蚓？"老朋友说，"她早就嫁人。如今不生孙，也应生子！"

　　我失望之余，想回南洋，但还是忘不了那双手。散了些钱，调查到那少女的住处。真是有缘，她刚好在井边洗衣，一见到我，也很高兴地迎前道："你不是去了南洋发财吗？怎么到现在还是白恤绽衫黑长布裤的？"

　　她一面说一面用围裙抹着她浸湿了的双手。我一看，天啊！我不相信自己的眼睛，我也不相信已经没有办法再看到那双美丽的手！到现在，我还一直在找。

我的家人

我们家，有个名字的故事。

哥哥蔡丹，叫起来好像菜单。家父为他取这个名字，主要是他出生的时候不足月，小得不像话，所以命名为"丹"。蔡丹现在身材肥满，怎么样都想象不出当年小得像颗仙丹。

姐姐蔡亮，念起来是最不怪的一个。她一生下大哭大叫，声音响亮，才取了这个名。出生之前，家父与家母互约，男的姓蔡，女的随母姓洪，童年叫洪亮，倒是一个音意皆佳的姓名。

弟弟蔡萱，也不会给人家取笑，但是他个子瘦小，又是幼子，大家都叫他作"小菜"，变成了虾米花生。

我的不用讲，当然是菜篮一个啦。

好朋友给我们串了个小调，词曰："老蔡一大早，拿了菜单，提了菜篮，到菜市场去买小菜！"

姓蔡的人，真不好受。

长大后，各有各的事业，丹兄在一家机构中搞电影发行工作，我只懂得制作方面，有许多难题都可以向他请教，真方便。

亮姐在新加坡最大的一间女子中学当校长，教育三千个少女，我恨不得回到学生时代，可以天天往她的学校跑。

阿萱在电视台当高级导播，我们三兄弟可以组成制、导和发行的铁三角，但至今还没有缘分。

为什么要取单名？

家父的解释是古人多为单名。他爱好文艺和古籍，故不依家谱之"树"字辈，各为我们安上一个字，又称，发榜时一看中间空的那个名字，就知道自己考中了。当然，不及格也马上晓得。

我的"澜"字是后来取的，生在南洋，又无特征，就叫"南"。但发现与在内地的长辈同音，祖母说要改，我就没有了名。友人见到我管我叫"哈啰"，变成了以"啰"为名。

蔡萱娶了个日本太太，儿子叫"晔"，二族结晶之意，此字读"叶"，糟了，第二代，还是有一个被取笑的对象：菜叶。

跋·以"真"为生命真谛，只求心中真喜欢

不拘一格降人才

要用文字素描一个人，当然要先写下他的名字：

蔡澜。

然后，当然是要表明他的身份。

对一般人来说，这很容易，大不了，十余个字，也就够了。可是对蔡澜，却很费工夫，而且还要用到标点符号之中的括号和省略号，括号内是与之相关，但又必须分开来说的身份，于是在蔡澜的名下，就有了这些：

作家，电影制片家（监制、导演、编剧、策划、影评人、电影史料家），美食家（食评家、食肆主人，食物、饮料创作人），旅行家（创意旅行社主持、领队），书法家，画家，篆刻家，鉴赏家（一切民间艺术品推广人、民间艺术家发掘人），电视节目主持人，好朋友（很多人的好朋友）……还有许多，真的不能尽述。

这许多身份，都实实在在，绝非虚衔，每一个身份，都有大量事实支持，下文会择要述之。

在写下了那么多身份之后，不禁喟叹：人怎么可以有这样多方面的才能？若是先写下了那些身份，倒过来，要找一个人去配合那些身份，能找到谁？

认识的人不算少，奇才异能之士很多，但如能配得上这许多身份的，还是只有他：蔡澜！

蔡澜，一九四一年八月十八日生于新加坡（巧之极矣，执笔之日，就是八月十八日，蔡澜，生日快乐），这一年，这一天，天公抖擞，真是应了诗人所求，不拘一格，降下人才。

人才易得，这许多身份不只是名衔，还有内容，这也可以说不难，难得的是，他这人，有一种罕见的气质，或气度。那些身份，或许都可以通过努力获得，但气度是与生俱来，是天生的，他的这种气质、气度，表现在他"好朋友"这身份上。

桃花潭水深千尺

好朋友不稀奇，谁都有好朋友，俗言道：曹操也有知心人。不过请留意，蔡澜的"好朋友"项下有括号：很多人的好朋友。

要成为"很多人的好朋友"，这就难了。与他相知逾四十年，从未在任何场合听任何人说过他坏话的，凭什么能做到这一点？

凭的，就是他天生的气质，真诚交友的侠气。真心，能交到好朋友，那是必然的事。

以真诚待人，人未必以真诚回报，诚然，蔡澜一生之中，吃所谓"朋友"的亏不少，他从来不提，人家也知道。更妙的是，给他吃亏的人士知道占了他的便宜，自知不是，对他衷心佩服。

许多朋友，他都不是刻意结交来的，却成为意气相投的好友，友情深厚的，岂止深千尺！他本身有这样的程度，所交的朋友，自然程度也不会相去太远。

这里所谓"程度"，并不是指才能、地位，而是指"意气"。意气相投，哪怕你是贩夫走卒，一样是朋友；意气不投，哪怕你是高官富商，一样不屑一顾，这是交友的最高原则。

这种原则也不必刻意，蔡澜最可爱的气质之一，就是不刻意地君子。有顺其自然的潇洒，有不著一字的风流，所以一遇上了可交之友，自然而然友情长久，合乎君子交游的原则，从古至今，凡有这样气质者，必不会将利害得失放在交友准则上，交友必广，必然人人称道。把蔡澜朋友多这一点，列为第一值得素描点，是由于这一点是性格天生使然，怎么都学不来——当然，正是由于看到他的许多创意，他成为许多人模仿的对象，所以有感而发。

蔡澜的创意无穷，值得大书特书。

千金散尽还复来

蔡澜对花钱的态度，是若用钱能买到快乐，不惜代价去买；若用钱能买到舒适，不惜代价去买……

这样的态度，自然"花钱如流水"，钱不会从天上掉下来，也自然要设法赚钱。

他绝对是一个文人，很有古风的文人。从他身上，可以清楚看到古人的影子，尤其像魏晋的文人，不拘小节，潇洒自在。可是他又很有经营事业的才能，更善于在生活的吃喝玩乐之中发现商机，成就一番事业，且为他人竞相模仿。

喜欢喝茶，特别是普洱，极浓，不知者以为他在喝墨水，他也笑说"肚里没墨水，所以喝墨水"，结果是出现了经他特别配方的"暴暴茶"，十余年风行不衰。

喜欢旅行，足迹遍天下，喜欢美食，遍尝各式美味，把两者结合，首创美食旅行团。在这之前，旅行团对于参加者在旅行期间的饮食并不重视，食物大都简陋。蔡澜的美食旅行一出，当然大受欢迎，又照例成为模仿对象。参加过蔡澜美食旅行团的团友，组成"蔡澜之友"，数以千计，更有参加十数次以上者。这种开风气之先的创举，可以用成语"不胜枚举"来形容，各地以他名字命名的"美食坊"可以证明。

这些事业，再加上日日不辍地写作，当然有相当丰厚的收入，可是看他那种大手大脚用钱的方式，也不禁替他捏一把汗。当然，这十分多余，数十年来，只见他愈花愈有。数年前，遭人欺骗，损失巨大（八位数字），吸一口气，不到三年，损失的就回来了，主宰金钱，不被金钱主宰，快意人生，不亦乐乎。

真正了解快乐且能创造快乐、享受快乐，当年有腰悬长剑、昂首阔步于长安道路的，如今有背着僧袋，悠然闲步在香港街头的，两者之间，或许大有共通之处？

众里寻他千百度

对人生目的的追寻，可以分为刻意和不刻意两种，众里寻他，也可以理解为对理想的追寻。

表面上的行为活动，是表面行为，内心对人生意义的探讨，对人生理想的追求，则属于内涵。

虽说有诸内而形诸外，但很多时候，不容易从外在行为窥视内心世界。尤其是一般俗眼，只看表面，不知内涵，就得不到真实的一面了。

看人如此，读文章更如此。

蔡澜的小品文，文字简洁明白，不造作，不矫情，心中怎么想，笔下就怎么写，若用一个字来形容，就是：真。

乍一看，蔡澜的小品文，写的是生活，他享受的美食，他欣赏的美景，他赞叹的艺术，他经历的事情，大千世界，尽在他的笔下呈现。

试想，他的小品散文，已出版的，超过了一百种，即便是擅写此类文体的明朝人，也没有一个人留下这许多作品的，放诸古今中外，肯定是一个纪录。

能有那样数量的创作，当然是源自他有极其丰富的生活经历。

读蔡澜的小品散文，若只能领略这一点，虽也足矣，但是忽略了文章的内涵，未免太可惜了。"谁解其中味"？唯有能解其中味的，才能真得蔡文之三昧。

他的文章之中，处处透露对人生的态度，其中的浅显哲理、明白禅机，都使读者能得顿悟，可以把本来很复杂的世情困扰简单化：噢，原来如此，不过如此。可以付诸一笑，自然、快乐、轻松，这就真是"蓦然回首"就有了的境界，这是蔡澜小品文的内涵，不要轻易放过了！

闲来无事不从容

工作能力，每人不同，有的能力强，有的能力弱。能力强者，做起事来不吃力，不会气喘如牛，不会咬牙切齿，会兵来将挡，水来土掩，旁观者看来，赏心悦目，连连赞叹。能力弱者，当然全部相反。

若干年前，蔡澜忽然发愿，要学篆刻，闻言大吃一惊——篆刻学问极大，要投入全部精力，其时他正负电影监制重任，怎能学得成？当时，我用很温和的方法，泼他的冷水："刻印，并不是拿起石头、刻刀来就可进行的，首先，要懂书法，阁下的书法程度，好像……哼哼……"那言下之意，就是说：你连字都写不好，刻什么印！

他听了之后，立即回应："那我就先学写字。"

当时不置可否。

也没有看到他特别怎样，他却已坐言起行，拜名师，学写字。

大概只不过半年，或大半年左右，在那段时间内，仍如常交往，一点也没有什么特别之处。一日，到他办公室，看到他办公桌上，"文房四宝"俱全，俨然有笔架，挂着四五支大小毛笔，正想出言笑话他几句，又一眼看到了一叠墨宝，吃了一惊：这些字是谁写的？

蔡老兄笑嘻嘻地泡茶，并不回答，一派君子。

这当然是他写的，可是实在难以相信。

自此之后，也没有见他怎样搓手呵冻地苦练，不多久，他的书法成就卓然，而且还有浑然之气，毫不装腔作势。篆刻自然也水到渠成，精彩纷呈，我只好感叹：有艺术天才，就是这样。他的这种从容成事的态度，在其他各方面，也无不如此。在各种的笑声之中，今天做成了这样，明天又做成了那样，看起来时间还大有空闲，欧阳先生曰：得其一，可以通其余。

信然！

最恨多才情太浅

蔡澜书法，极合"散怀抱，任情恣性"的书道，所以可观。其实，书道、人道，可以合论。蔡澜的本家蔡邕老先生在《笔论》中提出的书道，拿来作做人的道理，也无不可。

在对待女性的态度上，蔡澜绝对是大男子主义者。

此言一出，蔡澜的所有女性朋友，可能会哗然："怎么会，他对女性那么好，那么有情有义，是典型的最佳男性朋友，怎么会是大男子主义者？"

是的，所有他的女性朋友对他的赞语，都是对的，都是事实，也正因为如此，才说他是大男子主义者。

唯大男子主义者，才会真正对女性好，把女性视作受保护的弱小对象，放开怀抱，任情尽心地爱之惜之，呵之护之，尽男性之天职，这才是真正的大男人。

（小男人、贱男人对女性的种种劣行，与大男人相反，不想污了笔墨，所以不提了。）

女性朋友对蔡澜的感觉，据所见，都极良好，不困于性别的差异，从广义的观点来看一个"情"字，那是另一种境界的情，是一种浅浅淡淡的情，若有若无的情，隐隐约约的情，*丝丝缕缕的情*……

若大喝一声问：究竟是什么啊？

对不起，具体还真的说不上来。只好说：不为目的，也没有目的，只是因了天性如此，觉得应该如此，就如此了。

说了等于没有说？当然不是，说了，听的人一时不明，不要紧，随着阅历增长，总会有明白的一天，就算终究不明，又打什么紧？

好像扯远了，其实，是想用拙笔尽可能写出蔡澜对女性的情怀而已。不过看来好像并不成功？

回首亭中人，平林澹如画

试想看云林先生的画：天高云淡，飞瀑流泉，枯树危石，如斗茅亭，有君子兮，负手远望，发思古之幽情，念天地之悠悠，时而仰天大笑，笑天下可笑之事，时而低头沉思，思人间宜思之情，虽茕茕孑立，我行我素，然相交通天下，知己数不尽。

若问君子是谁，答曰：蔡澜先生也。

回顾和他相知逾四十年，自他处学到的极多。"凡事都要试，不试，绝无成功可能，试了，成功和失败，一半一半机会。"这是他一再强调的。只怪生性不合，没学会。

"既上了船，就做船上的事吧。"有一次跟人上了"贼船"，我极不耐烦，大肆唠叨时他教的，学会了，知道了"不开心不能改变不开心的事，不如开心"的道理，所以一直开开心心，受益匪浅。

他以"真"为生命真谛，行文如此，做人如此。所以他看世人，不论青眼白眼，都出自真，都不计较利害得失，只求心中真喜欢。

世人看他，不论青眼白眼，他也浑不计较，只是我行我素：岂能尽如人意，但求无愧我心。

这样的做人态度，这样的人，赢得社会上各色人等对他的尊重敬佩，是必然的结果。有一次，我在前，他在后，走进人丛，只见人群纷纷扬手笑脸招呼，一时之间以为自己大受欢迎，飘飘然焉，及至发现众人目光焦点有异，才知道是和身后人在打招呼，当场大乐：这是典型的"狐假虎威"。哈哈。

即使只是素描，也描之不尽，这里可以写一笔，那里可以补两笔，怎么也难齐全。这样的一个人，哼哼，来自哪一个星球？在地球上多久了？看来，是从魏晋开始的吧？

倪匡

附录

人生真好玩儿

　　首先，我很喜欢看这个节目，但是我看完了以后就有种感觉——被请来的嘉宾都是有头有脸的，但是为什么要整天让他罚站呢。大概是上辈子淘气淘得多吧，弄张椅子来坐坐如何，谢谢谢谢，这样舒服得多。

　　我的名字叫蔡澜，为什么叫蔡澜呢？因为我是在南洋出生的，我爸爸说："你就叫蔡南吧，南方的南。"但是我有一个长辈，名字中也有个"南"字，所以说不好、忌讳，就改成这个波澜的"澜"字。古语也有云："七十而从心所欲，不逾矩"，就是七十岁能随心所欲而不越出规矩，一下子就活了。

　　这个人生真的不错，真的好玩啊。有两种想法，你如果是认为很好玩就好玩，认为不好玩就不好玩。就像你一出门，满天乌鸦嘎嘎嘎地叫，你可能觉得这个很倒霉。但是你想，乌鸦是唯一在动物中间会把食物含着给爸爸妈妈吃的，这种动物很少，包括人类。所以说在这么短短的几十年里面，要把人生看成好的，不要看成坏的，不要太灰暗。我是最喜欢跟年轻人聊天的，因为我想我可以跟他们沟通，我自己心态还算年轻。我发现很多年轻人跟我还是有一点代沟，就是我比他们年轻一点。尽量地学习，尽量地经历，尽量地旅游，尽量地吃好东西，人生就比较美好一点，就这么简单。我喜欢看书，我喜欢看很多很多的书，什么书我都看，小的时候就看《希腊神话》，喜欢看这些幻想的东西。我也很喜欢旅行，一喜欢旅行，眼界就开了，看人家怎么过活。我在西班牙的时候去看外景，有一个老头在那边钓鱼，西班牙那个岛叫伊比沙岛，退休的嬉皮士在那边住的。这个老嬉皮在那边钓鱼，我一看前面那些鱼很小，转过头来发现那边的鱼大得不得了。我说："老头儿，那边鱼大，为什么在这边钓？"他看着我说："先生，我钓的是早餐了。"没错，一句话把你的人生的贪婪什么的都唤醒了。

在旅行过程中，你可以学到很多很多的人生哲理。另外的一次，在印度山上，那个老太太整天就煮鸡给我吃。我说："我不要吃鸡了，我要吃鱼呀！"那太太说："什么是鱼呀？"她都没见过，那是山上。我就拿纸画了一条鱼给她，说："你没有吃过真可惜呀。"老太太望着我说："先生，没有吃过的东西有什么可惜呢？"都是人生哲理。

我出道很早，差不多十九岁已经开始做电影的工作了。那时候跟一些老前辈一坐下来，一桌子十二个人，我最年轻。但是我坐下来的时候，我已经在想有一天我坐下来时我是最老的呢。果然，这个好像一秒钟以前的事。我昨天晚上跟人家去吃饭，我一坐下来已经是最老的了。所以不要以为时间很长，就是这么一刹那就没了。提到墨西哥，我在墨西哥也住了一年，去到墨西哥的时候，我看有人家卖烟花爆竹，我想去买来放。我的朋友说："蔡先生，不行，不行啊，死人才放的呀！"为什么死人要放烟花爆竹？其实他们那边的人生活很辛苦，人很短命，跟死亡接触得很多。既然接触得很多，为什么不把死亡这件事情变成一种欢乐的事情呢？为什么一定要生着才庆祝嘛，人死了就庆祝呗。

我认为年轻人要做什么都可以的，只要有心，你们总有一天可以做到，这个就是年轻的好处。在玩乐中体验人生，在平常的烟火气中感受生活的美好。我到一个餐厅去，我吃了感觉很好吃，就写文章推荐给大家。因为做生意的确不容易，我不会随便骂人。至少我写的那些文章人家拿去，都是彩色放大了以后贴在餐厅外面。你到香港去看好了，通通是。总之，做什么事情都要很用心去做，样样东西都学，有一本书教你怎么做酱油的，我也买回来看。像我，我也练练书法、刻图章，学完了以后，学多了就样样东西是专家，所以，人的本事越多越不怕。就是我有一天坐飞机，晚上的飞机，深夜的飞机多数会遇到气流，这个飞机就一直颠，一直颠，颠就让它颠吧，我就一直在喝酒。旁边坐了一个澳大利亚大肥佬，一直在那抓住的，一直怕，一直抓，一直怕。飞机稳定下来了以后，他看着我，非常之满意地看着我。他说："喂，老兄，你死过吗？""我活过。"

年轻人，总要有点理想，总要有点抱负，总要有点想做的事情，要做就尽量去做吧！

（编者注：据《开讲啦》演讲稿整理）

228

我的方向就是把快乐带给大家

很多人会很羡慕我的人生，但是，不用羡慕，实行去，谁都可以的。

我在北京常吃的就是那几家饭店，吃羊肉，因为到了北京不吃羊肉不行嘛。北京就羊肉做得最好。

有个地方是一个朋友介绍的。我们到每个地方去，都有一些当地喜欢吃东西的朋友，而且你看过他们写的文章或者发表过的微博什么的你就会认识。认识这个人，那么就到那边去找这个人。信得过了，那么他就介绍这里好、那里好。

好吃的东西我当然喜欢吃，但不好吃的东西，我也可以学着去吃它。好不好吃，你没有吃过，就没有权利评判。但试过了以后知道不好吃就不吃。

到国外的话，如果遇见什么都不好吃的情况，那么我宁可饿肚子。比如，有一次我在伦敦街头，肚子很饿了，走来走去都是这个M字头的店。我死都不肯进去，多饿我都不肯。

后来碰到一个土耳其人在卖那个一块一块的小肉，用刀切。

我就终于有东西可吃了。

吃饭是有尊严的，不好吃我就不吃，宁可饿着。

我从来不会把吃当成半个工作。

我有一个写了几十年的专栏叫作"未能食素"。有一天我说：唉，旅行的时候也要我发稿？别的文章可以一边旅行一边写，只有这一篇东西不能够，因为你离开了很久，你没有吃过那个餐厅，你不能乱写。

我这一生到现在为止，并没有做到很任性地生活。倪匡先生也讲过，不能够想做就做，可以不想做尽量不做。想做就做就天下大乱了。

我想做的事就是我的方向，我的方向就是一方面把欢乐带给大家，另一方面又可以赚钱，尽量不要做亏本的事情，我现在这个年纪还做亏本的事很丢脸的嘛。

我最得意的发明是和镛记老板甘建成先生一起还原了金庸小说《射雕英雄传》里的"二十四桥明月夜"这道菜。

这道菜的来源是：黄蓉要求洪七公教武功，洪七公说，你煮一个菜给我吃。黄蓉说，吃什么？洪七公说，吃豆腐。怎么做呢？要把那个豆腐塞在火腿里面。那么这个怎么做呢？书上没有写明。因为这里（镛记）有个金庸宴，我就跟这里的老板甘先生一块去研究，研究完了我们就把一个火腿切了三分之一，然后用电钻钻了二十四个洞，因为这个菜名叫作"二十四桥明月夜"，是由一个诗句里出来，再把那个豆腐放在这二十四个洞里面，再用盖盖起来拿去蒸。因为火腿的味道都已经进入豆腐里，所以，这道菜只吃豆腐，火腿弃之。

金庸吃了之后，表示很喜欢。

除了金庸小说里的菜式，我也试着还原过其他作品里的菜，比如《红楼梦》以及张爱玲的一些小说，但是，最后弄出来的菜，其实都不好吃。

（编者注：据《鲁豫有约》整理）

你不给我别的机会，
那我就从中找到别的乐趣

我做监制就是邵逸夫先生教的，他说你要是喜欢电影的话，你就要多接触电影这个行业一点，你如果单单是做导演的话，那么这部戏你拍完了以后就剪辑，时间紧，牵涉到的范围比较窄小；你如果做监制的话，任何一个部门你都要知道，做监制有一个好处就是你懂的事情多了以后，你就可以变成种种的部门，你变成一个专家以后，你的生存机会就会越来越多，可以去打灯，可以去做小工，总之你的求生的技能越来越多，你的自信心就强起来了，都是这样。

邵逸夫先生之所以给我这么多机会，一方面因为跟我的父亲是世交，另一方面还因为他觉得从我这个年轻人身上能看到当年的自己，觉得我是适合做这一行的。他是喜欢我的，所以他才会把所有的事情都讲给我听。

但并不是因为邵先生的关系，我一上来就要管很多人、很多事，我也要像新人一样从头开始，去学习，学习了之后才可以去做。

我参与的第一部电影是从他们来拍外景开始，像张彻先生来拍《金燕子》，我不是整部戏参与，就是外景部分罢了。从那里学起，一直学，跟这些工作人员打好关系以后，我就开始自己拍戏。我跟邵先生讲，你们在香港拍一部戏要七八十万，甚至要一百万，我这里二三十万就给你搞定了。你们拍戏在香港拍要五六十天，我这里十几天就给你搞定了。那时候是越快生产越好，因为是工厂式的作业，所以他也就听得进去。他说那你就拿这笔钱去，你就去拍。我就开始在日本拍香港戏，请了几个明星过来，其他工作人员都是日本人，拍完了以后就把它寄回去，就在香港上映。所以在东京拍香港片子就算是外景，也不能够拍日本外景，都要拍得很像香港，模仿香港，所以看到富士山也把它剪掉，不拍的。

那时候我二十多岁，但我必须掌控全局，没别的办法，就学，学完了以后从犯了很多错误开始，但犯错误不是坏事情。

我对所有的工作人员都要求很高，所以我曾经一度把所有的工作人员都炒了鱿鱼，只剩下我一个，然后重新开始组织。就是因为拍一部片子的时候，他们太慢。

没人了也没关系，再去组织就是了。

但这件事给我的一个经验就是，我要炒人的话，从炒一两个开始，不要通通炒掉。

我对人对己都要求很严，尤其是自己，要从自己开始。

合作的那么多导演，都是一些很以自我为中心的怪物。没有一个我喜欢的，我都很讨厌他们。

如果让他们来评价我的话，他们会说中午那顿吃得很好。

那是香港电影最好的时候，因为忙碌，不断地有戏拍。因为每部戏都卖钱。

但是也会困惑。因为没有自己喜欢的题材、喜欢的片子，像我跟邵逸夫先生讲，我说邵氏公司一年生产四十部戏，我们拍四十部戏，如果其中一部不为了卖钱，而是为了艺术、为了理想，这多好。这是可以的，四十部中间赌一部是可以赌得过的。

他说：我拍四十部戏都能赚钱，为什么我要拍三十九部赚钱，一部不赚钱？我为什么不通通拍赚钱的？那么我也讲不过他，结果就是没有什么自我了。那时候我的工作就是一直付出，一直付出，一直把工作完成，没有说自己想拍些什么戏就可以拍，所以如果谈起电影的话，我真的是很对不起电影的。我对这段做电影的生涯，不感到非常骄傲，我反而会欣赏电影，我欣赏的能力还不错。我做监制的时候为工作而工作，人家常常批评我，他说：你这个人，到底对艺术有没有良心？我说：我对艺术没有良心。他说：你是一个没有良心的人。我说：我有，我对出钱给我拍戏的老板有良心，因为他们要求的这些，我就交货给他们，我有良心的，我不能够为了自己的理想而辜负人家拿了这么大的一笔钱，让我来玩，我玩不起。

我只是赶上电影最容易卖的时候。但是作为一个有抱负的电影人，其实那是挺痛苦的。

但是我没有后悔过。因为每个人都有自己的时代。

我那时候的心态就是把电影当成一个很大的玩具，因为你现在没有的玩，现在拍电影，好像大家都愁眉苦脸痛苦得要死。我很会玩啦，我会去找最好的地方拍外景，当年最好的酒，当年最好的一桌子菜，我都把它重现起来，女人我也会重现，让她们穿最漂亮的旗袍，这些我会很考究的，把这部戏拍起来，在拍的中间，我很会玩，我已经达到我的目的了。

被这个时代推着，你不给我别的机会，那我就从中找到别的乐趣。

我经过这种失意的年代，那时候我就开始学书法。三十几岁吧，有一段时间很不愉快，不愉快，我就学东西了。

我学书法就很认真地去学，书法和篆刻，刻图章，现在还可以拿得出来，替人家写写招牌。

内心是会郁闷的。当然郁闷时间很短了，后来我才发现我在书上也写过，干了四十年电影，原来我不喜欢干电影这行。

因为我喜欢的是欣赏、看，我不喜欢参与在里面，但是我会把自己变成一些大的玩具，就好玩，对自己的人生也有帮助，现在我只欣赏电影就好了，不再去搞制作，制作很头痛。

我做不了像邵逸夫那样的电影大亨。我没有那种决心，很多很绝情的事情我做不了，很多决定我做不了。

比如你要很绝情地说：每一部戏都要赚钱。这个很绝情吧，我就不可以了，我说有钱就完了吗？

但我不较劲，这个事情我做不好的话我离开一段时间，我试一件别的事情。

这点就是很多很多经验积累下来以后，让我离开，让我决定再也不回来。

我不遗憾，我知道遗憾也没有用。我也不是一个有野心的人。我只是对工作要求高，我不怕得罪人，我看到不喜欢的我就开口大骂了。

在电影圈里面要找到一两个性情中人不容易，都是很有目的地去完成一件事情的人。做导演的多数都是想着"我自己成名就好了，你们这些人死光了也不关我事"的人，这种人我不喜欢。

我最欣赏的人都不是电影圈的，像黄霑、倪匡、金庸、古龙。这几个人是我最好的朋友。共同点都是文人，都是对生活好奇的人，都是性情中人。

（编者注：据《鲁豫有约》整理）